EDITION W

Erschieß ihn, sagte mein Großvater.

aus: David Vann, Goat Mountain

Mein Name ist Sam. Samuel Johann Weidenkamp. Samuel nach dem Propheten. Johann nach meinem Großvater.

Es war einmal

Am Horizont verschwimmt die weiße Schneedecke der Wiesen mit dem schmutzigen Grau des Himmels. Wo fängt das eine an, wo hört das andere auf? Es lässt sich kaum sagen.

Die Wiesen eine endlose Fläche, in der niemand, nicht Mensch, nicht Tier, Spuren hinterlassen hat. Nur unberührtes Weiß, kein Baum, kein Zaunpfosten, nichts, woran sich das Auge festhalten könnte; kein Halm, der aus dem Schnee herausragt, und auch die Ohren finden nur Stille. Winterstille, Schneestille.

Dann das Geräusch eines Motors. Aus der Ferne kommt es näher, wird lauter, ein schwarzer Jeep erreicht die Anhöhe und fährt hinunter ins weiße Tal, findet mühelos den zugeschneiten Weg, der die Wiesen teilt. Das Auto gräbt eine Spur in den Schnee, die Reifen reißen die obere Eisschicht entzwei und wühlen sich tief in die Erde hinein. Sie hinterlassen ein schmutziges Band, das unaufhörlich auf den Wald zuhält.

Der Wald.

Dicht gedrängt steht er im Wiesental, eine Armee Fichten und kein Einlass, nirgends; dennoch findet der Jeep einen Weg, es ist, als würden die Fichten widerwillig zur Seite weichen, schnell hindurch mit dem Auto, um so gleich wieder ihren Platz einzunehmen.

Bliebe nicht die Spur der Reifen im Weiß der Wiesen zurück, man könnte glauben, es hätte nie einen Jeep gegeben.

Doch es gibt ihn und er findet seinen Weg durch das Dunkel der Bäume, keine Spur ist hier mehr vom Schnee, die Fichten haben ihn nicht hereingelassen. Auch kaum eine Spur von einem Weg, der Jeep drängt Äste und Gestrüpp zur Seite, schafft es dennoch ohne einen einzigen Kratzer zum Ziel.

Die Hütte.

Auch sie kaum zu finden, man muss fast schon vor ihr stehen, um sie zu bemerken. Das dunkle Holz der Außenwände fügt sich nahtlos in die Dunkelheit. Die Fensterläden zugeklappt, aus dem Schornstein steigt kein Rauch. Die Bäume stehen dicht an dicht, haben die Hütte im Schwitzkasten, einzig vor der Tür ein freier Platz, gerade groß genug für das Auto.

An der Hausecke hängt zwischen Zweigen verborgen ein Thermometer, minus sieben Grad zeigt es an.

Minus sieben Grad und doch läuft irgendwo Wasser. Zwischen Hütte und Bäumen erahnt man einen Pfad, folgt man ihm, findet man den Ursprung des Geräuschs: Inmitten einer Eisfläche steht ein Brunnen. Ein hölzerner Trog, ummantelt mit schwarzen Eiszapfen. Das Wasser läuft über den Brunnenrand hinaus, die Eiszapfen entlang, schlägt auf dem Boden auf und läuft weiter, immer weiter, unaufhörlich breitet es sich aus, greift nach dem Boden, den Bäumen, der Hütte.

Das Geräusch des Wassers dröhnt in die Stille hinein, übertönt alles andere, denn es muss doch Geräusche geben, es muss doch jemand da sein.

Das Auto.

Das Auto ist verlassen. Kein Mensch zu sehen, nur eine Flinte liegt quer über dem Fahrersitz.

Und wenn er aber kommt?
Dann rennen wir davon.

I

Der Anfang

Spätsommer, Moosbruck

Karolina

Märchen erzählen sie. So dachte ich.

Von einem See, der niemals zufriert, nicht einmal in den kältesten Wintern.

Von einem See, auf dessen Wasseroberfläche selbst nach dem Sturm kein einziges Herbstblatt schwimmt.

Von einem See, der auch bei schlimmstem Wetter die Ruhe selbst ist. Um ihn herum ächzen Bäume, fallen Äste, doch der See liegt ruhig, nicht eine Welle, die auf ihm bricht.

Märchen.

Denkst du.

Aber dann willst du es wissen, mit eigenen Augen sehen. Und gehst hin. Deine Schritte werden langsamer, je näher du ihm kommst. Die Geräusche des Waldes werden lauter, bedrohlicher, dein Herz klopft dir gegen die Brust, eine Amsel, die im Laub der letzten Jahre nach Würmern sucht, erschreckt dich, doch dann: nichts mehr. Stille.

Alles verstummt. Da liegt er, der See.

Diese Stille, diese Bedrohung, das bildest du dir ein. Wegen allem, was sie nicht sagen, nicht aussprechen.

Du hast ihn dir größer vorgestellt.

Tief sei er, sagen sie. Niemand schaffe es, seinen Grund zu erreichen.

Es schwimmt doch sowieso keiner darin, hast du gedacht.

Zwei, drei Schritte vom Ufer entfernt bist du stehen geblieben. Du versuchst, ihn auf Abstand zu halten, da greift dir ein Windstoß unter die Jacke, lässt dich zurückweichen. Ein Blatt segelt an dir vorbei, lautlos trägt der Wind es durch die Luft, über das Wasser hinweg, dort fällt es, kreiselt, fängt sich, gleitet weiter, kreiselt, fällt – du trittst einen Schritt nach vorn, noch einen, das Blatt, wo ist es –, es kreiselt, fällt, wird davongetragen, zurück in den Wald.

Du hast den Atem angehalten. Willst gehen, jetzt gleich, aber der See, er hält dich fest.

Geh nicht hinein, sagen sie. Er lässt dich nie mehr los.

Nur noch einen Schritt, denkst du. Gehst in die Knie und streckst eine Hand aus, berührst das Wasser und störst seine Ruhe. Steine willst du hineinwerfen, dich selbst.

Da lebt nichts, sagen sie. Keine Fische, keine Frösche, noch nicht mal eine Ente. Nur –

Schwarze Steine legen eine Spur für dich, damit du den Weg findest, ins Innere des Sees. Du willst ihnen folgen, diesen Steinen, aber du tust es nicht. Noch nicht.

Geh nicht hin, sagen sie, aber hier bist du und du wirst wiederkommen, du weißt es. Der See hat seine Fäden um dich gesponnen, du bist ihm ins Netz gegangen.

Ein Spinnennetz, ein Faden nur, ein unsichtbarer, federleichter Faden, er legt sich um deinen Hals und nimmt dir die Luft.

Im toten Wald gibt es keine Spinnen, wie kann es also Netze geben?

Und die Stille, so laut ist sie hier. Kein Vogelgezwitscher, kein Blätterrauschen, nur dein Herz, es schlägt dir laut und immer lauter entgegen. Babumm, babumm, babumm, du lebst. Noch lebst du.

Du findest einen Jesus draußen im toten Wald. Am Kreuze hängt er, im Kreuz ist Heil und unter dem Kreuze steht:

So musst auch du das Kreuz geduldig tragen / nie über Gottes weise Fügung klagen!

Du pisst ihn an, diesen Jesus, die weise Fügung, du versuchst es zumindest, du bist klein, Jesus ist groß, du triffst nur den Sockel, die Inschrift, wenigstens das.

Du fällst in einen Bach, ins Wasser; Wasser ist Leben, aber dieses hier ist schwarz, ist tot, modriger Schlick, du fällst hinein, versinkst, ertrinkst, jetzt musst du doch endlich tot sein, aber nein, du lebst noch immer. So ein Glück aber auch.

Schwarzes Wasser, schwarze Erde, schwarzes Loch. Über dir schließt sich die Luke und sein Lachen fährt mit dem Jeep davon.

Du bist allein im toten Wald.

Bist sein Fleisch, sein Blut, wie hältst du das nur aus? Du hältst es aus, alles hältst du aus, dafür bist du gemacht und du hast keine Angst, nicht mehr. Was kann schon passieren? Es kann viel passieren, es ist viel passiert, aber so schnell stirbt man nicht, du nicht.

Tabea, Studentin, München

Wo kommst du her – immer wieder die gleiche Frage. Auf jeder Party, jeder Erstsemester-Veranstaltung: Wie heißt du? Was studierst du? Woher kommst du?

Moosbruck, sage ich dann. Moosbruck, das kennt kein Mensch. Hamburger und Berliner sowieso nicht, aber selbst die Münchner kennen es nicht, kennen nur die Orte in der näheren Umgebung, an denen man etwas »machen« kann. Schwimmen, klettern, Ski fahren, segeln.

Moosbruck, wo ist das?, fragen sie. Ach tatsächlich, nur gute zwanzig Kilometer südlich von München? Bestimmt schön da, sagen sie und denken an Kühe auf grünen Wiesen, schneebedeckte Gipfel, Kirchtürme unter weißblauem Himmel.

Würden sie hinfahren, sie würden sich bestätigt fühlen. Ein Selfie mit den Kühen vom Sendlinger, bei Marianne in der Bäckerei Brezen einkaufen und später beim Lindenwirt einen Schweinsbraten essen.

Kann man hier auch irgendwo schwimmen, würden sie vielleicht fragen. Und dann bekommt der bayrische Traum faustdicke Risse.

Karolina

Auch über den Jungen schweigen sie. Nicht ein Wort über ihn. Nur Emmi erzählt in einem fort vom Krähenjungen. Mama, sagt sie, Edgar sagt, er wird kommen, der Krähenjunge wird kommen und im See schwimmen.

Wo sonst, denke ich und glaube trotzdem nicht an ihn, diesen Krähenjungen. So wenig wie ich an den See geglaubt habe.

Ich hätte es also besser wissen müssen.

Vielleicht habe ich es besser gewusst.

Jetzt wird er kommen, der Krähenjunge, sagt Emmi, nachdem wir Edgar beerdigt haben.

Omi bekreuzigt sich und greift nach ihrem Rosenkranz. Gegrüßet seist du Maria, in einem fort. Wovor hast du nur solche Angst, Omi?

In der Bäckerei fangen sie an zu reden und schweigen doch. Der Junge, sagen sie, und dann nichts mehr, Stille. Sie sehen sich nur an und in ihren Augen die gleiche Furcht wie bei Omi.

Was ist das für ein Junge?, frage ich Marianne, meine Chefin.

Halt dich fern von ihm, sagt sie.

Von wem?, frage ich.

Sie sieht mich an. Du wirst es dann schon wissen.

Ausgerechnet Marianne. Marianne glaubt nicht an Hokuspokus, Marianne glaubt noch nicht mal an Chiasamen. Weizen-, Roggen- und Mischbrot, mehr gibt es hier nicht. Wer etwas anderes will, muss woanders hingehen.

Niemand geht woandershin. Zu uns kommen sie und ich reiche ihnen Brote über die Theke, kenne ihre Geschichten, ihre Leiden, ihre Freuden. Nur die Ängste, über die schweigen sie.

Er ist da, sagt Emmi. Mama, der Krähenjunge ist da! Er schwimmt im See, nackig!

JesusMariaUndJosef, sagt Omi, leichenblass.

Und ich? Was macht ein kleiner Junge allein da draußen, hätte ich fragen müssen. Und du, Emmi, was hast du da überhaupt zu suchen gehabt? Aber Emmi ist Emmi und ich habe längst aufgehört zu fragen.

Dann steht er in der Bäckerei und es stimmt, ich weiß es, weiß, dass er es ist. Der Krähenjunge, aber ein Junge ist das nicht. Er sieht nach Anfang zwanzig aus, aber nur, solange man nicht ganz genau hinsieht. Solange *er* einen nicht ganz genau ansieht. Dann ist er älter. Viel älter.

JesusMariaUndJosef, sagt Frau Lammert und zieht ihr Schultertuch enger. Frau Lammert kann stundenlang erzählen und tut es normalerweise auch, aber heute vergisst sie, warum sie überhaupt hier ist, kein Bauernbrot, noch nicht einmal ein Auf Wiedersehen, Fräulein Karolina. Schon ist sie aus der Tür.

Ich sehe ihr nach, ich sehe ihn an.

Nein, das ist kein Junge, denke ich, und seine Augen ziehen mich ins Nichts. Dort lassen sie mich allein. Sieh doch zu, wie du klarkommst.

Du kommst nicht klar.

Zwei Rosinenbrötchen, sagt er und ich tauche wieder auf. All die dunklen Orte, die zugeschlagenen Türen. Er macht sie auf und stößt dich hinein in krähenschwarze Finsternis.

Ich packe seine Brötchen ein.

Karolina, ruft Marianne von hinten.

Einen Euro sechzig, bitte, sage ich und lege die Tüte mit den Brötchen auf den Tresen. Marianne kommt nach vorn, Karolina, sagt sie noch einmal, kannst du bitte –, sie sieht ihn und verstummt.

Noch einmal gehe ich in seinen Augen unter, bevor er nach der Tüte mit den Brötchen greift, sich umdreht und davongeht.

An der Tür dreht er sich zu uns um, Auf Wiedersehen, Karolina, sagt er und lächelt. Ein Lächeln, bei dem es einem angst und bange werden kann.

Wir stehen da und sehen ihm nach. Ich sehe ihm nach. Marianne sieht mich an.

Ein Junge ist das nicht, sage ich.

Nein, sagt sie. Ein Junge ist er nie gewesen.

Halte dich fern, sagen sie.

Aber was, wenn er zu dir kommt, was dann?

Du solltest rennen. So schnell du kannst, so weit du kannst. Aber du rennst nicht, du bleibst, wo du bist. Bleibst, wo er ist. Er nimmt dich mit in den Wald, in die Dunkelheit. Auf den Ansitz.

Und dort sitzt du, Stunde um Stunde. In der Kälte wartest du. Siehst hinaus, die Dunkelheit wird nicht heller, wird nur noch dunkler. Da draußen tut sich nichts, gar nichts. Der tote Wald ist tot.

Im Winter wirft er mit Eis. Festgefroren hängt es in den Bäumen, bis der Wind kommt, durch den Wald hindurchfegt und das Eis zu Boden prügelt; es hört sich an, als presche jemand durch das Geäst. Jemand, der es auf dich abgesehen hat. Der tote Wald macht Jagd auf dich.

Bei Sturm wirft er mit Ästen, schlägt dir ins Gesicht, beißt dich, kratzt dich, aber zu Ende bringt er es nicht. Kein Baum, der dich im Fallen erschlägt und nie bist du es, den der Blitz trifft.

Der Alte lacht. Mach doch ein Feuer, sagt er, aber es gibt kein Feuer im toten Wald, hier brennt nichts, alles ist feucht, nass und modrig, mit viel Mühe lässt sich ein Streichholz entzünden, es qualmt, stinkt, erlischt.

Wer braucht schon ein Feuer? Der Alte trinkt sogar seinen Kaffee kalt.

Die Kälte, sie nimmt dir den Atem. Beißt dir in die Haut, in die Glieder. Dann geht sie vorbei. Kein Schmerz hält ewig.

Jagen lernst du im toten Wald. In einem Wald, in dem nichts lebt, nur giftige Pilze, Mücken und Efeu, überall Efeu und dahinter die Leichen der Bäume.

Ausharren, abwarten. Das lernst du im toten Wald, wieder und wieder sitzt du in der Dunkelheit, in der Kälte. Du willst davonrennen, ihm wenigstens das Gewehr abnehmen, ihm mit dem Schaft eins überziehen, die Knochen brechen, er muss doch endlich, du musst doch endlich –, aber nichts tust du, du bleibst sitzen, neben ihm, in der Dunkelheit und das Einzige, was du versuchst, ist aufhören zu atmen. Vielleicht kannst du einfach still werden, stiller noch als der Wald, aber nein, du schaffst es nicht, dein Atem ist stärker als du. Vielleicht schafft es die Kälte irgendwann, dich zu durchdringen, so sehr, dass es dir egal ist, dass dir alles egal ist, aber vielleicht glaubst du auch noch an den Weihnachtsmann.

Worauf warten wir, warum sitzen wir hier, in diesem Scheißwald? Das fragst du nicht, nicht laut. Er antwortet dir trotzdem. Ihr braucht keine Worte, ihr versteht euch auch so, seid aus einem Holz geschnitzt, und du hörst alle seine Worte, auch wenn er sie nicht ausspricht, gerade dann hörst du sie besonders laut.

Damit du es lernst, Junge. Damit du die Dunkelheit kennenlernst und die Kälte. Damit du weißt, was du alles aushältst, damit du weißt, wer du bist.

Wer bist du denn? Sein Fleisch und Blut.

Die Schweine tötet ihr anderswo, in einem Wald, der Geräusche macht, ein Wald, in dem das Licht den Boden erreicht.

Warten, auch dort immer wieder warten, und dann, endlich, die Sau, der Schuss, lass fliegen, mitten ins Leben, tot.

Du musst es wissen, sagt der Alte. Wenn du das Schwein siehst, wenn du es hörst, dann ist es zu spät. Du musst es wissen.

Dem Schwein die Freiheit und dir die rote Arbeit. So nennen sie es, seine Jagdkollegen, sauber und adrett in Tracht und Lodenmantel, den Gamsbart am Hut, aber für die Gams haben sie jemanden bezahlt, einen, der die Arbeit für sie erledigt, einen, der weiß, wo sie ist, die Gams, und die feinen Herren an die richtige Stelle führt, sodass sie nur noch abdrücken müssen, ein Schuss und vielleicht kriegen sie noch nicht einmal den auf die Reihe. Pardoniert, sagen sie später und finden eine Ausrede.

Wenn er dir das Gewehr gibt oder das Messer, dann nicken sie anerkennend. Der Junge kann schießen, sagen sie, und eine Sau aufbrechen, ruckzuck geht das, als hätte er es schon hunderte Male gemacht (hat er). Alles kann er, dieser Junge, wenn doch nur die eigene verzogene Brut ein klein wenig mehr von ihm hätte. Aber wo soll es herkommen. Fleisch und Blut, aus einem Holz geschnitzt.

Die Sau ist tot und alles bricht aus ihr heraus. Gedärme, Magen, Milz, später ziehst du ihr das Fell ab, die Borste, richtig ansetzen, zwischen Fell und Fett, scharf muss das Messer sein und nie ist es scharf genug. Messer schärfen, auch das kannst du. Das Messer wird weniger mit jeder Sau.

Abhängen, lass uns zusammen abhängen. Jan hat das zu dir gesagt und du hast ihn nur angesehen. Du hast ja keine Ahnung, hast du gedacht. Du weißt nichts von der Hütte, du würdest eine Schaukel an den Balken hängen, eine Schaukel im toten Wald, ausgerechnet, aber so falsch liegst du damit gar nicht. Eine Schaukel für die toten Schweine.

Die Sau hängt am Haken und dein Herz, es schlägt noch immer. Babumm, babumm, babumm.

Lissi, Jans kleine Schwester, München

Mein Bruder, dieser Vollpfosten. War doch klar, dass er sich wieder die falschen Freunde suchen musste. Dieses Mal hat er so richtig danebengegriffen. Wie blöd kann man sein? Der nicht, Jan, such dir nicht ausgerechnet Sam Weidenkamp aus.

Aber klar, genau der musste es sein.

An allem ist natürlich unsere Mutter schuld. Der Sohn hat ein kleines Drogenproblem. Was macht man da? Man zieht in die Stadt. Auf so eine bekloppte Idee kann nur meine Mutter kommen.

Die spinnt doch. Wahrscheinlich hatte sie einfach keinen Bock mehr darauf, in einem scheißlangweiligen Kaff herumzuhängen.

Und Drogen hat er dann ja wirklich keine mehr genommen, mein Bruder. Weil er in München Sam gefunden hat und Sam so ungefähr der Letzte ist, der irgendwelche Drogen nimmt. Wozu auch, er *ist* die Droge.

Halt du dich wenigstens von ihm fern, hat Tina zu mir gesagt. Keine Ahnung, ob sie meinen Bruder oder Sam gemeint hat. Vielleicht beide, aber wie soll ich mich von meinem Bruder fernhalten?

Dabei hatte sie Recht, natürlich hatte sie Recht.

Bist du eigentlich verknallt in ihn?, habe ich Jan gefragt. Er starrte mich nur an. Lissi, echt jetzt, als würde ich auf Jungs stehen.

Auf Jungs nicht, sagte ich. Aber auf Sam.

Nichts hat er mehr gesagt.

Wir liegen auf meinem Bett, Jan und ich. Über uns leuchten Sterne, ja, wirklich, ich habe Leuchtklebesterne an der Zimmerdecke, wie eine Dreizehnjährige. Mein Bruder erzählt von Sam und obwohl ich es nicht sehe, weiß ich, seine Augen leuchten heller als die Scheißsterne. Na gut, das ist nicht schwer. Aber trotzdem.

Hast du ihm mal in die Augen gesehen, unterbreche ich ihn. Ich meine, so richtig?

Jan hält die Klappe.

Was soll sein mit seinen Augen?, fragt er schließlich.

Vollpfosten.

Diesmal hast du dir den Falschen ausgesucht, sage ich. Ausgerechnet Sam.

Ich hätte etwas tun sollen, aber was denn? Er hätte etwas tun sollen, er war doch der große Bruder. Aber nein, es hat nicht lange gedauert und dann kam er, der Abend mit dem ganz großen Stern, der Sternschnuppe, dem Lichtbogen. Zack, war er tot, mein Bruder. Schluss, aus.

Jugendlicher Übermut, haben sie geschrieben. Selbstüberschätzung. Ja, scheiße.

Von Sam schrieben sie nichts.

Dabei ist Sam mit Sicherheit zuerst auf die dämliche Straßenbahn gesprungen. Aber Sam ist Sam, der bekommt keinen Stromschlag. Und Jan ist Jan, der springt hinterher.

Vollpfosten.

Mein Bruder war tot und Sam verschwunden. Auf der Beerdigung ist er nicht aufgetaucht und in die Schule kam er dann auch nicht mehr. Da habe ich Rafael gefragt, Wo ist er, dein Bruder?

Aber auch Rafael wusste nichts. Sam war einfach weg.

Und das ist gut so, hat Tina gesagt.

Ich habe ihr nicht erzählt, dass er jetzt wieder da ist. Sie hätte mich ja doch nur angesehen, als wäre ich ein hoffnungsloser Fall. Bin ich ja auch. Halt dich fern, am Arsch.

Ausgerechnet Vanessa hat es mir erzählt. Vanessa, die blöde Kuh. Dass die mit ihrem dämlichen Zwergspitz nicht zu einem anderen Tierarzt gehen kann. Aber nein, ausgerechnet zu uns kommt sie und wie sie mich immer ansieht, dabei ist sie doch diejenige, die sich von Mami und Papi aushalten lässt. Ein Job in der Werbeagentur, dass ich nicht lache. Als würde sie dort etwas anderes machen als Kaffee kochen.

Jedenfalls kommt sie mit ihrem Hund, Henry. Das ist doch kein Name für einen Hund, noch nicht mal für einen Zwergspitz.

Henry bekommt eine Tollwutimpfung, er steht schon auf der Waage, ich habe alles vorbereitet, blättere hauptsächlich deshalb noch im Impfpass herum, um beschäftigt auszusehen, bis Doktor van den Berk endlich kommt. Und da sagt sie es, einfach so, ganz nebenbei. Letzten Donnerstag habe ich Sam gesehen, sagt sie und wir sehen uns an und auf einmal ist es scheißegal, dass ich nur eine Tierarzthelferin bin, und sie eine blöde Schnepfe, auf einmal ist alles ganz egal.

Bist du dir sicher?, frage ich und natürlich ist sie sich sicher.

An der Fußgängerampel am Wilhelmsplatz, sagt sie. Damien ist gefahren, also er hat angehalten, die Ampel war rot und dann läuft er über die Straße. Sam, denke ich, das ist doch Sam, und ich sehe ihm hinterher, aber dann wird die Ampel grün und Damien fährt weiter. Kein einziges Wort bekomme ich heraus, erst drei Straßen weiter. Stopp, sage ich, aber zu leise, er hört mich nicht. Stopp!, sage ich noch mal. Was ist denn?, fragt er und fährt endlich rechts ran. Ich mache sofort die Tür auf und muss mich übergeben.

Wir stehen da und sehen uns an. Henry schleckt meine Hand ab. Anscheinend merkt er, dass ich es nötig habe. Doktor van den Berk kommt herein, Hallo, guten Tag, sagt er, Frau Wiesmeier, wie geht es Ihnen, alles gut mit dem Kleinen, ist er gesund, kein Durchfall, nichts?

Wie so oft wartet er eine Antwort gar nicht erst ab, beugt sich gleich zum Hund hinunter und lässt sich ebenfalls die Hand abschlecken.

Na, Kleiner, dann schauen wir mal, sagt er und schaut. Die Ohren, die Zähne, einmal abhören.

In der Stille höre ich Henry hecheln und mein eigenes Herz schlagen, schnell schlägt es, zu schnell.

Ein gutes Herz, sagt Doktor van den Berk, alles in Ordnung bei dir, jetzt ein kleiner Piks und schon hast du es überstanden.

Doktor van den Berk sieht mich an, aber ich weiß nicht mehr, was ich zu tun habe. Scheiße, denke ich. Er ist wieder da.

Van den Berk nickt Vanessa entschuldigend zu. Lissi, sagt er noch einmal mit Nachdruck und greift schließlich selbst zum Impfstoff.

Erst als alles schon wieder vorbei ist, als Henry loskläfft, erst dann rühre ich mich und reiche Henry ein Leckerli nach dem anderen, bis Doktor van den Berk meint, es genüge jetzt. Den Impfpass macht er lieber selbst fertig, übergibt ihn mit einem Auf Wiedersehen, Frau Wiesmeier und schon ist er draußen. Vanessa sieht mich noch einmal an, dann geht auch sie. Ist aus der Tür, ohne ein weiteres Wort.

Was gibt es auch noch zu sagen.

Lissi, was ist denn mit Ihnen heute los?, fragt Doktor van den Berk zwei Hunde und eine Katze später. Noch eine Katze später schickt er mich nach Hause, aber dorthin gehe ich nicht. Ich gehe zu Jans Grab, und als ich da bin, will ich an den Grabstein treten. Ein dämlicher Marmorengel. Was hat sich unsere Mutter nur dabei gedacht? Ich stehe vor dem Engel und will, dass er da ist, dass er wenigstens einmal hierherkommt und ich will ihn schlagen und will ihn –

Ich will ihn immer noch, ich Vollpfosten.

Karolina

Geh nicht hin, sagt Marianne, aber sie sagt es mit einer leisen Resignation, so als wisse sie, dass es ganz egal ist, was sie sagt. Und dass etwas losgetreten wurde, was sich ohnehin nicht mehr aufhalten lässt.

Und ich, ich rede mir ein, zu Edgar zu gehen. Seit ich ihn tot auf dem Hof gefunden habe, seinem Hof, dem Lechnerhof – kein guter Ort, sagen sie, geh da nicht hin –, seither war ich nicht mehr dort, ich wollte die leere Bank, den kalten Schornstein nicht sehen, es hätte alles so endgültig gemacht. Dabei war es doch endgültig. Den wärmsten Sommerabend hat er sich zum Sterben ausgesucht. Zusammen mit Doktor Rössler bin ich angekommen und ich wusste, er ist tot. Wusste es vorher schon, als Emmi angerannt kam. Mama, Edgars Feuer ist aus, hat sie gerufen und dass die Krähen ihn geholt hätten. Da bin ich losgelaufen. Ich hätte bei Emmi bleiben sollen, man kann doch ein Kind nicht allein lassen, nicht mit so etwas. Aber Emmi ist kein Kind, nicht so eins. Und Marianne war ja da, bei ihr. Sie hat gleich Doktor Rössler angerufen. Marianne weiß, was zu tun ist.

Später lag er im Sarg, Edgar, ich habe ihn gesehen und war dabei, als der Sarg hinuntergelassen wurde. Habe dann selbst zwei Schaufeln Erde auf die weißen Nelken geworfen und zu den Krähen hinaufgesehen, die über dem Kirchturm Kreise drehten.

Ich weiß also, er ist tot, Hof und Bank sind verlassen. Und doch hoffe ich insgeheim darauf, ihn vor dem Haus auf der Bank sitzen zu sehen.

Komisch, dass ich früher nicht bei ihm war, in all den Ferien, die ich hier verbracht habe. Aber es ist, als hätte es Edgar damals gar nicht gegeben, nichts habe ich von ihm mitbekommen und vom See auch nicht.

Da musste erst Emmi kommen.

Nimm wenigstens einen Schirm mit, sagt Marianne, aber ich bin schon aus der Tür.

Stehe auf der Anhöhe und sehe die Nussbäume, den Hof, die Bank, Edgars leere Bank. Kein Rauch aus dem Schornstein, noch nicht einmal das, dabei –

Wo er wohl wohnt, dieser Krähenjunge?, habe ich gefragt. In den Raum hinein, aber eigentlich habe ich Emmi gemeint und sie war es auch, die mir geantwortet hat. Bei Edgar natürlich, hat sie gesagt.

Natürlich. Und ich weiß, dass ich nicht hingehen sollte, aber jetzt bin ich da, fast bin ich da. Noch fünfhundert Meter.

Und es fängt an zu regnen, ein schneeflockenleichter Nieselregen, ganz harmlos kommt er daher, aber nach einer halben Stunde bist du nass bis auf die Unterhose.

Dass ich mich ja ausziehen könnte, denke ich. Und im See baden.

Ich schüttle den Kopf und will gehen, aber vielleicht will ich es doch nicht, denn noch immer stehe ich da und sehe hinüber zum Hof, zur Bank, zum Schornstein.

Kra, rufen die Krähen von den Nussbäumen und ich sehe Edgar vor mir, wie er sich mit ihnen unterhält, die Krähen laut, Edgar stillschweigend. Woher weißt du, was sie sagen?, habe ich gefragt, wie lernt man die Krähen verstehen? Und er hat mich angesehen und ich habe gewusst, dass ich die Antwort aus seinem Schweigen hätte heraushören müssen, aber so sehr ich mich auch angestrengt habe, ich habe nichts gehört.

Manchem rauben sie die Seele, hat er schließlich gesagt. Manchem geben sie überhaupt erst eine.

Und was soll das jetzt wieder heißen, habe ich gedacht.

Ich gehe hinüber zur Bank, setze mich auf Edgars leeren Platz und frage mich, wo seine Pfeife geblieben ist.

Kra, rufen die Krähen von den Nussbäumen, kra, und ich sitze und warte.

Und er kommt, der Krähenjunge. Aus der Stube kommt er zu mir. Es fühlt sich an, als fiele ich aus der Zeit, als gäbe es keine Zeit mehr, als könne auch Edgar jederzeit aus dem Haus kommen, weil die Zeit verrutscht ist, weil die Krähen die Uhr zurückgedreht haben.

Doch als er sich setzt, der Krähenjunge, springt die Zeit zurück an ihren Platz. Wenn Edgar sich zu dir gesetzt hat, dann war es, als hättest du ein wärmendes Feuer im Rücken. Der Krähenjunge dagegen bringt die Kälte des Winters.

Warum wollen sie nichts mir dir zu tun haben?, frage ich. Warum haben sie solche Angst vor dir?

Warum willst du etwas mit mir zu tun haben?

Will ich das?

Habe ich das laut gefragt? Ich habe.

Vielleicht nicht, sagt er.

Ganz sicher nicht, denke ich, aber warum bin ich dann hier?

Aber warum bist dann du hier?

Ja, warum?

Er sieht mich an und lächelt.

Bald wird es schneien, denke ich, als er zum See hinuntergeht.

Du weißt, dass sie da ist. Auf der Bank vor dem Haus sitzt sie und wartet auf dich. Mit den Händen in den Jackentaschen und der Mütze auf dem Kopf, darunter ein dicker Zopf, der ihr fast bis zur Taille reicht. Um sie herum der Geruch nach frischem Brot.

Sie gehört hierher, denkst du und dann: Er hat es gewusst, alle beide haben sie es gewusst. Die beiden Alten. Wie kann das sein? Es kann nicht sein, aber vieles, was nicht sein kann, ist längst passiert.

Warum bist du hier?, fragst du sie, dabei weißt du es. Wegen dir ist sie hier und weil etwas geschehen soll.

Kennst du ihn?, willst du fragen. Hat er dich hierher geschickt?

Aber nein, sie kennt ihn nicht. Sonst würde sie nicht fragen, warum niemand etwas mit dir zu tun haben will.

Der Alte war es, der euch hierhergeführt hat, dich und die Frau mit dem Zopf. Du weißt es, weißt auch, dass es einen Grund hat, seinen Grund. Rennen solltest du. So weit du kannst, aber du bist gerannt und was hat es genützt?

Schon wieder folgst du seinem Willen, ein letztes Mal, ein allerletzter Wille und dann.

Theresia Wiegand, Hausfrau, Moosbruck

Der Junge, auf einmal war er da. Draußen beim Edgar auf dem Lechnerhof.

Wie das wieder alle gewusst haben, wo doch kaum jemand raus geht zum Edgar. Und der Edgar kommt nicht ins Dorf. Aber die Hilde hat ihn gesehen, den Jungen, als er vom Bahnhof durchs Dorf ging.

Ich hab's gleich gewusst, hat die Hilde gesagt, das ist der Junge von der Anna.

Die Anna hatte keiner mehr gesehen, nachdem sie der Münchner mitgenommen hat. Die ist nicht mehr zurückgekommen. Weil der Münchner das nicht wollte, haben sie gesagt, aber ich glaube, die Anna wollte selbst nicht mehr zurück. Was hätte sie davon gehabt – Blicke, wir haben es dir doch gleich gesagt, das hast du jetzt davon, all das. An ihrer Stelle wäre ich auch nicht zurückgekommen.

Dabei, was hätte sie denn tun sollen, damals. Der Münchner hat sie gesehen und da war es um sie geschehen. Das ist einer, der bekommt, was er will. Das hat jeder sofort gewusst, obwohl ihn keiner gekannt hat. Auf einmal war er da, mit seinem Cabrio vor der Bäckerei. Normalerweise hätte im Nu die ganze Dorfjugend drum herumgestanden, um das Auto, aber sogar die haben gleich gemerkt, dass man sich vom Münchner besser fernhält.

Direkt vor der Bäckerei hat er gehalten, als hätte er es gewusst. Geht hinein und da war sie, die Anna, und fragt ihn, was er gern hätte.

Keine drei Monate später hat er sie nach München mitgenommen.

Um ihren Bruder, den Edgar, musste sie sich keine Sorgen machen, der kam ohne sie zurecht. Vielleicht hat ihm der Münchner Geld geschickt, die Rechnungen sind jedenfalls alle nach München gegangen, für Strom und Wasser und was halt so anfällt. Das hat die Roswitha erzählt, deren Sohn arbeitet auf der Gemeinde.

Sonst hat der Edgar ja kaum Geld gebraucht. Gemüse und Obst hat er selbst angebaut auf dem Hof. Dem Lechnerhof, seinem Elternhaus. Früher hatte er auch noch Hühner. Das hat ihm gereicht.

Eine Tochter hätte sie bekommen, die Anna, hieß es irgendwann.

Eine Tochter, das hat dem Münchner bestimmt nicht gefallen. Das war einer, der wollte einen Sohn.

Die Tochter hat man im Dorf kein einziges Mal gesehen, die hat ihren Onkel, den Edgar, wahrscheinlich nie kennengelernt. Vielleicht wusste sie noch nicht einmal, dass es ihn gibt.

Wir wussten aber, dass sie geheiratet hat und dass Kinder unterwegs waren, Zwillinge. Die Lore musste mit ihrem Ältesten nach München ins Krankenhaus, der hatte was am Herzen. Und da hat sie zufällig die Anna getroffen und ihre zwei Enkelbuben, noch keine zwei Tage waren sie alt. Einer wie der andere, hat die Lore gesagt. Zum Verwechseln ähnlich, aber nur so lange, bis sie die Augen aufgemacht haben. An der Stelle hat die Lore innegehalten und sich bekreuzigt. Augen wie der Großvater hätte der eine gehabt. Obwohl der Münchner doch blaue Augen hatte und die Buben braune. Geh, hat irgendeiner gesagt, braune Augen, Babys haben keine braunen Augen. Die beiden schon, hat die Lore gesagt und sich gleich noch einmal bekreuzigt.

Als er dann zu uns ins Dorf gekommen ist, da wussten wir gleich, das ist er: der Enkel von der Anna mit den Augen vom Münchner.

Er war vielleicht acht oder neun Jahre alt, als er zum ersten Mal gekommen ist. Ganz allein, mit dem Zug. Acht oder neun, aber wenn er dich angesehen hat, wolltest du davonlaufen.

Zu Edgar ist er hinaus, der Junge.

Was will er da draußen?, haben wir gefragt. Und von uns, was will er von uns? Der soll wieder weggehen, haben wir gedacht. Uns in Ruhe lassen.

Er ist ja auch wieder gegangen, der Junge. Aber wir wussten, der kommt wieder. Vielleicht, weil er hierhergehört, zum Edgar und zum See. Zu uns.

Vielleicht ist er ja nach der Anna geraten, haben sie gesagt. Die Anna, so ein liebes Mädel, schon immer. Hübsch und hilfsbereit, für jeden ein Lächeln. Als der Eugen sie in die Bäckerei geholt hat, da haben die jungen Burschen ihren Müttern die Einkaufstaschen abgenommen, jeder wollte der Erste sein, wenn die Anna die Tür aufsperrt.

Die Mütter waren damals ganz froh, als der Münchner gekommen ist und die Anna mitgenommen hat. Hat keine Arbeit gescheut, die Anna, aber im Haus, als Schwiegertochter, das wäre keiner geheuer gewesen, man weiß ja nie. Am Ende hätte der eigene Bub noch auf den Lechnerhof hinausgeheiratet, Gott bewahre.

Der Lechnerhof, der ist zu nah am See.

Alle haben ihnen abgeraten, den Lechners, als sie damals den Hof gebaut haben. Ausgerechnet da draußen, haben sie gesagt und die Köpfe geschüttelt. Macht das nicht, das ist kein guter Ort, warum nehmt ihr nicht das Grundstück hinterm Lindenwirt?

Weil sie das Geld nicht hatten, natürlich. Aber das hat der Lechner nicht zugeben wollen. Dummes Gerede, hat er stattdessen gesagt. Aber dann, keine zwei Jahre haben sie draußen gewohnt, ist er beim Holzmachen von einem Baum erschlagen worden. Und der älteste Sohn, der Bruder von der Anna und dem Edgar, der ist unters Fuhrwerk geraten, da war er noch nicht einmal sechs Jahre alt. Die Lechnerin hat so lange durchgehalten, bis der Eugen die Anna in die Bäckerei geholt hat. Gebraucht hätte er sie nicht, seine Frau hatte alles im Griff, aber von irgendwas mussten sie da draußen ja leben und patent war sie, die Anna.

Sie hatte kaum ihren ersten Lohn nach Hause gebracht, da hat die Lechnerin die Augen zugemacht und die Anna musste allein für sich und ihren Bruder sorgen. Ganz normal ist er ja nicht, der Edgar. Hat kaum ein Wort gesprochen, bis er zehn Jahre alt war. Und danach auch nicht viel mehr. Die Anna hat ihn trotzdem immer verstanden, auch ohne Worte.

Und der Junge, bei dem scheint es auch so zu sein. Der hört all das, was der Edgar gar nicht sagt. Vielleicht kommt er ja doch nach der Anna.

Aber ich glaub's nicht und sonst glaubt's auch keiner.

Als du aus dem Wasser kommst, sitzt ein Kind auf dem Stamm der Weide, ein Mädchen, vielleicht fünf oder sechs Jahre alt, sie sitzt da, als hätte sie auf dich gewartet. Du bleibst stehen und siehst sie an. Ihre Augen sind von einer undefinierbaren Farbe, sie erinnern dich an die Tiefe des Sees und sehen alles, was in dir ist.

Hallo, sagst du.

Du bist der Krähenjunge, sagt das Mädchen.

Immer noch sieht sie dich an und spricht Worte in die Stille hinein, die nur ihr beide hören könnt.

Bis eine Stimme euer stummes Gespräch unterbricht: Emmi!, ruft jemand aus dem Wald heraus. Emmi!

Plötzlich steht ein Junge hinter dem Mädchen, ein kleiner Junge mit sonnenwarmen Augen.

Oh, sagt der Junge und starrt dich an. Du bist, setzt er an und gleichzeitig das Mädchen: Das ist der Krähenjunge, Radek.

Der Junge bekreuzigt sich. Ich hab' keine Angst vor dir, sagt er. Alle anderen haben Angst vor dir, aber ich nicht.

Ich auch nicht, sagt das Mädchen.

Du bist doch nicht alle, sagt der Junge. Immer noch starrt er dich an. Meine Oma sagt, du hast böse Geister im Gepäck.

Er betrachtet dich, als müssten sie irgendwo zu sehen sein, diese Geister. Aber da ist nichts. Nichts, was er sehen könnte.

Jeder hat böse Geister, sagt das Mädchen.

Du nicht, erwidert der Junge. Immer noch sieht er dich an. Der Papa vom Tobi sagt, du würdest nicht bleiben, du wärst noch nie geblieben und das sei gut so.

Edgar sagt, du bleibst, sagt das Mädchen.

Ich bin doch nie fort gewesen, sagst du.

Das Mädchen lächelt, der Junge sieht von einem zum anderen. Schließlich greift er nach der Hand des Mädchens. Oma macht Apfelpfannkuchen, sagt er. Wir müssen los. Er rennt in den Wald, zieht das Mädchen mit sich.

Ich werde dir zeigen, wie man Feuer macht, ruft sie, ich habe es Edgar versprochen.

Dann sie sind weg.

Du siehst ihnen hinterher und denkst an den Schornstein und an all das Holz, das du gespalten hat.

Du denkst an Edgar, mit dem du auf der Bank vor dem Hof gesessen hast. Zu den Nussbäumen habt ihr hinübergesehen, kra, haben die Krähen gerufen, kra.

Sie warten auf dich, hat Edgar gesagt und an seiner Pfeife gezogen.

Ihr habt dagesessen, bis die Dämmerung längst der Nacht gewichen, bis Edgar aufgestanden und in die Stube gegangen ist, Holz nachlegen.

Ich weiß, sagst du. Ich weiß, dass sie warten.

Daša, Frau von Milan, Autowerkstattbesitzer, München

Als der Junge zum ersten Mal gekommen ist, hatte ich gerade Wasser für die Piroggen aufgesetzt. Es hat schon gekocht, ich hätte sie hineinwerfen können, aber auf einmal habe ich innegehalten und den Herd doch wieder abgedreht. Ich muss nachschauen, habe ich gedacht, ob alles gut ist.

Still ist es, denke ich, als ich in der Werkstatt stehe. Obwohl wie immer das Radio läuft. Tom, unser Geselle, hantiert mit einem Reifen herum, Milan steht an der Motorhaube und neben ihm dieser Junge. Heilige Maria, denke ich.

Was ist?, ruft Milan, als er mich sieht.

Nichts, sage ich, aber das war gelogen.

Wer ist das?, frage ich später beim Essen. Und was will er hier? Dieser Junge?

Frau, sagt Milan und schüttelt den Kopf. Er will natürlich wissen, wie man ein Auto repariert.

Der nicht, denke ich.

Er ist so still, sage ich. Zu still.

Milan sieht aus dem Fenster und winkt meine Worte fort.

Eine Stille, als friere der See über dir zu.

Was redest du für einen Blödsinn, Frau, sagt Milan. Der Junge ist ein Junge und fertig.

Der Junge ist kein Junge wie andere Jungen, sage ich.

Wieder winkt er meine Worte fort. Keiner ist wie alle, sagt er. Jeder ist immer nur er selbst.

An der Ecke zum Hof steht Juval. Alle paar Stunden steht er da, die Zigarette in der Hand. Seit er in Rente ist, tut er nichts anderes, als in seinem Sessel zu sitzen und Bücher zu lesen. Alles lese er, sagt seine Frau. Von *Krieg und Frieden* bis zu *Grundlagen der Sozialwirtschaft*. Sie weiß nicht, was sie davon halten soll. Besser so, als wenn er in der Kneipe säße, sagt sie und glaubt nicht recht daran. Man weiß nie, was Bücher mit einem Menschen machen.

Im Hof steht der Junge neben Tom und sieht ihm zu, wie er im Motorraum herumhantiert. Ab und an reicht er ihm ein Werkzeug, immer das richtige.

Juval steht an der Ecke und raucht, den Blick fest auf den Jungen gerichtet.

Der da, sagt Juval und zeigt mit seiner Zigarette auf den Jungen. Wenn der weiß, wie man mit einem Auto davonfährt, ohne den passenden Schlüssel zu haben, dann habt ihr ihn das letzte Mal gesehen.

Ich stemme die Hände in die Seiten. Mein Milan wird ihm ganz bestimmt nicht beibringen, wie man ein Auto klaut!

Juval winkt ab. Nein, sagt er. Natürlich nicht. Aber der Junge da, der wird es zwischen den Worten heraushören, irgendwann wird er es einfach wissen. Und dann habt ihr ihn das letzte Mal gesehen.

Wir sehen ihn an, den Jungen.

Und die da, Juval zeigt auf das Fenster des Hauses gegenüber, wo ich gerade noch Janicas Gesicht verschwinden sehe. Janica war zwei Jahre lang hoffnungslos in unseren Mittleren verliebt. Dieses Mädchen!, hat ihre Mutter gesagt und die Hände gerungen. Stundenlang sitzt sie am Küchenfenster und guckt in den Hof. Triff Freunde, habe sie ihr gesagt, unternimm was! Aber nein.

Janicas Mutter war froh, als unser Sohn die Stelle in Augsburg bekommen hat und weggezogen ist.

Aber dann kam dieser seltsame Junge und jetzt sitzt Janica wieder am Fenster.

Irgendwann bleibt er wirklich fort, der Junge. Nur seine Stille, die bleibt und wir werden sie nicht mehr los.

Was ist mit ihm?, frage ich Milan und er sieht aus dem Fenster.

Ich weiß, er fehlt ihm, dieser seltsame Junge. Das Komische ist, mir fehlt er auch. Ich bin froh, dass er fort ist, aber er fehlt mir.

Ich sehe auf das Fenster im zweiten Stock. Keine Janica zu sehen. Ihre Mutter wird froh sein, aber ich fürchte, Janica wird jetzt ein Leben lang Ausschau halten.

Juval kommt vorbei. Ist gut, dass er weg ist, sagt er.

Was weißt du schon, sage ich und er sieht mich an und lacht sein rostiges Lachen. Natürlich hat er Recht, er hat immer Recht, es ist nicht auszuhalten mit ihm.

Er wird nicht wiederkommen, sage ich.

Juval zieht an seiner Zigarette und hustet. Nein, sagt er. Der nicht.

Jan, Bruder von Lissi, München

Er ist völlig irre. Hat ein Cabrio geklaut. Es ist Mitte Oktober und schweinekalt. Einen Tag vorher hatte es zum ersten Mal geschneit und er klaut ein Cabrio. Fährt mit offenem Verdeck durch die Nacht. Jeder andere würde sich eine Lungenentzündung holen. Ich hole mir wahrscheinlich eine, denn ich sitze neben ihm. Anders als er habe ich zwar eine Jacke an, aber Scheiße, ist das kalt.

Als würde die Kälte nicht reichen, hält er an, mitten im Nichts, auf dieser Straße, die drei Häuser mit vier anderen verbindet. Hier ist wirklich kein Schwein unterwegs, schon gar nicht um diese Uhrzeit, aber kann er nicht wenigstens die Scheinwerfer anlassen?

Bist du schon mal geritten?, fragt er plötzlich und ich denke nur: What the fuck? Aber dann steigt er aus und ich sehe den Zaun, die Weide. Er hat an einer gottverdammten Pferdekoppel angehalten, das ist ja wohl nicht sein Ernst.

Aber doch, es ist sein Ernst. Er springt über den Zaun, geht Richtung Horizont und da ist es, das Superheldenpferd. Es hat ihn schon gesehen, steht da und wartet. Jedes vernünftige Pferd würde abhauen, aber nein, das Scheißpferd ist auch nicht schlauer als wir.

Sie sehen sich an, das Pferd und er, und ich denke die ganze Zeit, das kann ja wohl nicht wahr sein, aber es ist wahr. Ich sitze in einem Cabrio mitten im Nichts und Scheiße, ist das kalt.

Ich sollte aussteigen, denke ich. Oder wenigstens die Scheinwerfer wieder anmachen, den Warnblinker. Nach einer Decke suchen. Aber nein, ich bleibe sitzen und sehe mir an, wie er vor diesem Pferd steht, ihm in die Mähne greift, als hätte er das schon hundert Mal gemacht. Er schwingt sich hoch, erst einmal passiert nichts, aber dann stellt sich das Vieh auf die Hinterbeine. Scheiße, sage ich und springe jetzt doch aus dem Auto. Aber Sam, der Idiot, fällt natürlich nicht runter, erst als sich das Pferd in Bewegung setzt. Verdammt schnell, so ein Pferd, dann auch noch Bocksprünge und ich schwöre, ich höre ihn lachen. Aber dann sehe ich ihn fallen. Scheiße, denke ich, ich kann ja wohl keinen Krankenwagen rufen, das geklaute Auto und ich weiß noch nicht mal, wo wir sind, verdammt, was mache ich jetzt? Aber da steht er schon wieder auf und läuft zu mir zurück, hüpft über den Zaun, als wäre nichts passiert. Jeder andere hätte sich das Genick oder zumindest einen Arm gebrochen, aber Sam, der nicht; er setzt sich ins Auto und ich stehe daneben und er sieht mich an. Und hätte ich auch nur eine Sekunde länger gewartet, er wäre ohne mich davongefahren, der verdammte Drecksack.

Karolina

Es regnet. Und schon wieder habe ich keinen Schirm dabei.

Ich gehe durch den Wald, es raschelt, es tropft, laut ist er, der Regen, und doch so still. Die Bäume machen Platz und endlich, der See. Auf dem Wasser tanzt der Regen.

Kein Schwimmer, nichts und niemand zu sehen. Ich gehe weiter zur alten Weide, deren Stamm sich wie eine Bank am Ufer entlangwindet, bevor sie über dem Wasser in den Himmel hinaufwächst.

Auch dort ist niemand.

Geh nach Hause, denke ich.

Aber ich tue es nicht, bleibe stehen, sehe auf den See hinaus und höre dem Regen zu. Wasser läuft mir die Haare hinunter, in die Jacke hinein und der See, er lockt mich. Komm, tanz mit mir, ruft er.

Angst vorm Wasser?

Ich drehe mich um und da steht er, der Krähenjunge. Das T-Shirt klebt an ihm, genau wie die Jeans.

Was ist das mit den Krähen?, habe ich Emmi gefragt. Warum heißt er Krähenjunge und nicht Krähenmann, er ist doch überhaupt kein Junge? Sie hat mich angesehen, mit ihren Emmi-Augen, die älter sind als alles, was ich kenne.

Mama, hat sie gesagt, das kann ich dir nicht erklären.

Aber warum denn nicht?, habe ich gefragt und mich wie ein bockiges Kind gefühlt.

Weil du es nicht verstehst.

Versuch es doch wenigstens. Emmi, bitte.

Die Krähen, hat sie gesagt. Die haben ihn geholt und in den See gebracht. Und da sucht er jetzt nach ihm.

Was?, habe ich gefragt. Wie bitte? Und einen ihrer Emmi-Blicke geerntet.

Dann ist Radek hereingeplatzt, der kleine Radek, der die Sonne aufgehen lassen kann und aus Emmi wieder die Fünfjährige macht, die sie nun mal ist, die sie sein sollte. Er hat sie mit sich fortgezogen und ich weiß immer noch nicht, was es mit den Krähen und dem Jungen, der keiner ist, auf sich hat.

Jetzt, wo ich ihn ansehe, den Krähenjungen, wünsche ich mir Radeks sonniges Leuchten herbei, aber Radek ist nicht da und ich falle schon wieder in die schwarzen Augen hinein, er hat den See in den Augen, na los, komm, sagen seine Augen und ich –

Ich bin klatschnass, sage ich. Wie kann ich Angst vorm Wasser haben.

Er lächelt nur. Dann zieht er sich aus, legt seine Sachen auf den Stamm der Weide und geht an mir vorbei ins Wasser. Er taucht unter, verschwindet und bleibt verschwunden.

Ich reibe mir die Augen.

Niemand da, denke ich, aber da liegen doch seine Sachen.

Geh nach Hause, denke ich, bleibe aber stehen und sehe auf den See hinaus. Er ist fort, denke ich, wird nicht mehr auftauchen, nie mehr. Aber dann taucht er doch wieder auf, schwimmt ein paar Züge, verschwindet, was macht er nur, was ist da unten und wie lang kann man eigentlich die Luft anhalten?

Manchmal, unter Wasser, in der Dunkelheit des Sees, vergisst du.

Alles vergisst du und es wird still.

Endlich Ruhe.

Der See schmiegt sich an dich. Wo hörst du auf, wo fängt er an, du weißt es nicht.

Am liebsten schwimmst du am Abend, in der Dunkelheit, wenn alles eins wird.

Du tauchst unter, suchst nach dem Grund. Wartest darauf, den Boden zu berühren, aber er kommt nicht, nie.

Es gäbe keinen Grund, hat der alte Mann mit der Pfeife gesagt.

Es müsse einen Grund geben, hast du gesagt.

Wie immer hat er auf seiner Bank gesessen, an seiner Pfeife gezogen und geschwiegen.

Was soll man auch sagen?

Du tauchst unter und vergisst. Dich, das Atmen, alles. Da unten ist alles möglich.

Du tauchst wieder auf, denkst, dass man sie vielleicht doch abstreifen kann, die Dinge. Sich häuten. Aber das Messer, nie ist es scharf genug und alles, was bleibt, sind Narben.

Du treibst auf dem Wasser, siehst in den Himmel hinauf, vom Himmel prasselt Regen auf dich herunter und wäscht dich fort, aber babumm, babumm, dein Herz, wird es denn nie aufhören?

Theresia Wiegand, Hausfrau, Moosbruck

Ein Glück, haben wir gedacht, als die Karolina gekommen ist. Das war an der Zeit. Die Irmi wurde immer wackeliger, das wäre auf Dauer nicht mehr gut gegangen, dass sie ganz allein in ihrem Haus bleibt.

Dabei hatten wir alle ein Auge auf sie, der Radberger Fred hat ihr die Einkäufe gemacht, die Marianne war fast jeden Tag bei ihr und der Toni hat im Garten und im Haus nach dem Rechten gesehen. Aber es hat halt doch jemand gefehlt, ganz allein in dem Alter, das ist einfach nichts.

Ihre Tochter, die Ellie, einmal im Jahr war sie da, aber dass die für immer zurückkommen würde, daran hat keiner geglaubt.

Die Ellie, das war eine. Die hat von Anfang an nicht hierher gepasst. Den Kopf voller Ideen, wollte unbedingt aufs Gymnasium, als einzige in ihrem Jahrgang und dann hat sie noch nicht mal Abitur gemacht. Mit siebzehn ist sie nach Indien und Gott weiß wohin. Jahrelang hat sie keiner mehr gesehen und als sie wieder zurückgekommen ist, hatte sie die Karolina im Bauch.

Die war kaum auf der Welt, da sind die beiden schon wieder losgezogen. Die Irmi hat nicht viel gehabt von ihrer Enkelin. Später war die Karolina ab und zu mal da, für ein paar Wochen in den Ferien. Und später dann auch recht lange, siebzehn war sie da, glaube ich, so alt wie ihre Mutter damals, als die fortgegangen ist. Einen ganzen Sommer lang war die Karolina da und es hat so ausgesehen, als würde sie sich vielleicht mit dem Toni zusammentun.

Aber dann kam es doch anders. Manche sagen, der Toni trauere ihr immer noch hinterher, obwohl er doch jetzt schon so lange mit der Evi zusammen ist.

Danach haben wir sie eine Weile nicht mehr gesehen, die Karolina. Als sie wiedergekommen ist, hatte sie selbst ein Kind. Nicht vom Toni, aber die Marianne hat sie trotzdem in die Bäckerei genommen, auch wenn es der Evi nicht gefallen hat. Aber von irgendwas musste die Karolina ja leben und arbeiten konnte sie. Immer freundlich, für jeden ein nettes Wort.

Die Kleine hätte in den Kindergarten gehen sollen, aber keine drei Stunden hat sie es da ausgehalten, bevor sie das erste Mal ausgebüxt ist.

Die Emmi ist keine für drinnen.

Draußen beim Edgar auf dem Lechnerhof treibe sie sich herum, heißt es. Der Edgar, ach Gott. Ein alter Kauz, aber ein harmloser, tut keinem was zuleide, dafür würde hier jeder seine Hand ins Feuer legen.

Trotzdem, das ist doch kein Umgang für so ein kleines Mädchen.

Aber sie war einfach nicht wegzukriegen vom Hof. Mit den Krähen würden sie erzählen, soll sie mal gesagt haben, als einer gefragt hat, was sie da draußen mache.

Man sollte meinen, die Karolina hätte sie dort weggeholt, aber stattdessen saß sie dann irgendwann selbst beim Edgar herum.

Und hat angefangen, Fragen zu stellen, keiner war mehr sicher vor ihren Fragen, man wollte schon gar nicht mehr in die Bäckerei. Warum, wieso, was ist denn dort, was ist mit dem See, was ist mit dem Edgar, was für ein Junge?

Als hätten wir eine Antwort darauf.

Karolina

Mama, sagt Emmi und ich folge ihrem Blick. Unter meiner Hand das Gemeindeblatt, Sommerfest der Freiwilligen Feuerwehr steht da, Sonntag ab 11:00 Uhr Frühschoppen, Schweinsbraten mit Knödeln. Über den Worten schwarze Kugelschreiber-Körper.

Emmi lächelt. Ich weiß, wen du malst, sagt ihr Lächeln.

Das wird aber auch Zeit. Mamas Stimme in meinem Kopf. Höchste Zeit, dass du wieder anfängst und deine Tage nicht mehr damit verschwendest, Brötchen zu verkaufen. Höchste Zeit, den Stift wieder in die Hand zu nehmen. Bei deinem Talent, Karolina, also wirklich.

Ich sehe die Männerkörper an. Was nützt es, all das Talent? Sie sind falsch, nichts an ihnen stimmt.

Ich versuche es noch einmal, dieses Mal mit Absicht und Konzentration, aber nach den ersten Strichen höre ich auf. Es geht nicht, es stimmt nicht.

Ich denke an den See und die Steine, die er in sich birgt, die Spur, die er legt.

Und ich denke an Leyla, an den Tag, an dem sie mir gezeigt hat, wie man aus Steinen Farbe macht.

Das ist meine Mutter, hatte João gesagt. Damals, viel früher noch, als wir einfach so vor ihrer Tür standen. Mama, das ist Karolina.

Leyla und ich haben uns angesehen und ich dachte, so fühlt es sich also an, wenn man irgendwo ankommt.

Später stand ich vor ihren Bildern, großformatige, farbenprächtige Bilder. Vor den goldenen blieb ich am längsten stehen, irgendwann stand sie neben mir und ich fragte: João?

Sie hat nur genickt.

Vor den goldenen Bildern standen wir auch, als ich ihr sagte, dass ich es nicht mehr aushalte, dass ich fortgehen muss. Ich weiß, hat sie gesagt.

Weil ich diese Bilder nicht mehr ausgehalten habe. Wäre ich noch länger geblieben, hätte ich sie noch einen Tag länger ansehen müssen, ich hätte sie kaputt gemacht. Weil sie so wehgetan haben, es konnte doch nicht sein, dass die Bilder noch da waren und er nicht.

All das habe ich nicht gesagt. Sie hat es trotzdem gewusst.

Diese schwarzen Steine, denke ich. Mit denen ginge es, die würden alles auslöschen und dann bliebe nur noch schwarzes Nichts.

Aber dazu müsste ich erst einmal hineingehen in den See, ihm einen Stein entreißen, oder gar mehrere.

Angst vor dem Wasser?, höre ich ihn fragen und bleibe lieber zu Hause. Ich lege den Stift weg und werfe die Körper ins Altpapier, bevor Omi sie findet und die Litanei wieder von vorne losgeht.

Harald Heidlinger, Schwimmtrainer, München

Er war ein Champion, unser, nein, mein Champion. Das habe ich gedacht, als ich ihn zum ersten Mal im Wasser gesehen habe. Den mache ich zum Sieger, habe ich gedacht.

Dabei war er schon einer. Gleich beim ersten Training ist er an Marc-Philipp vorbeigezogen. Ich hab' mir nichts anmerken lassen, aber Mann, war das eine Wohltat. Endlich mal einer, der diesem Schnösel gezeigt hat, wo der Hammer hängt.

Ein halbes Jahr lang ging es gut. Zwei Mal die Woche Training, mindestens. Halleluja, habe ich gedacht, endlich einer, der alles mitmacht, wirklich alles, jedes Extratraining, jede zusätzliche Bahn, und das ganz ohne das übliche Gejammer und Gemotze.

Das konnte nicht anhalten, es war einfach zu schön.

Und so kam es dann auch: Kurz vor den Meisterschaften blieb er einfach weg. So eine Scheiße. Ich hätte seine Freunde gefragt, aber er hatte keine. Vielleicht ist er woandershin, dachte ich, vielleicht hat ihm irgendetwas nicht gepasst bei uns. Aber was sollte ihm nicht passen, er hat von Anfang an sein Ding durchgezogen und drauf geschissen, was die anderen wollen. Die ganzen Extrarunden hat er nur gemacht, weil er das wollte. Er, nicht ich.

Ich bin sogar zu seinen Eltern gegangen, feinste Bogenhausener Adresse. Seine Mutter hat mir aufgemacht und Mann, war das seltsam. Hätte mich einer meiner Jungs so angeschaut, ich hätte auf Drogen getippt, aber ihre Augen waren klar, ihre Aussprache auch, der Atem frisch und doch – irgendwie wirkte sie total abwesend.

Samuel schwimmt?, hat sie gefragt und ausgesehen, als müsse sie sich erst einmal daran erinnern, wer Samuel überhaupt ist.

Schwimmen?, habe ich gesagt. Er ist ein verdammter Champion, ein Sieger! Also er wäre es, wenn er weiter schwimmen würde.

Ein Sieger, hat sie gemurmelt und ist sogar noch einen Tick seltsamer geworden. Hat mich angelächelt, ich habe eine Gänsehaut bekommen von diesem Lächeln. Ja, das ist er, unser Samuel, hat sie gesagt. Ein echter Champion.

Ich bin dann gegangen, was soll ich da noch, die wird mit Sicherheit nichts ausrichten und wahrscheinlich hat sie mich längst vergessen, bis Sam nach Hause kommt, vielleicht sogar noch früher.

Scheiße, habe ich gesagt und mit der Sache abgeschlossen.

Oder zumindest hätte ich das gern.

Ich habe ihn dann nur noch einmal gesehen, zumindest glaubte ich, ihn gesehen zu haben. Es war Anfang Dezember und Jasmin, meine damalige Freundin, wollte unbedingt ins Adventskonzert in der Marienkirche.

Wir laufen gerade über die Aubrücke, als sie plötzlich stehen bleibt und die Isar raufschaut.

Da schwimmt einer, sagt sie und Jaja, sag ich, aber dann schau auch ich hin und wirklich, da schwimmt einer.

Der hat sie doch nicht alle, sage ich.

Wir müssen die Polizei rufen, sagt sie.

Ach was, sage ich und schaue immer noch. Der wird schon wissen, was er tut.

Sie sieht mich an. Meinst du?, fragt sie.

Und ich schaue wieder aufs Wasser, wo der Typ näherkommt. Kann ja wohl nicht wahr sein, denke ich und rufe: Sam! Er sieht hoch und obwohl er bestimmt fünfzig Meter weit weg ist, weiß ich, dass er es ist. Und auch, dass ich mit der Sache nichts zu tun haben will.

Komm, sage ich zu Jasmin und greife nach ihrem Arm. Komm, wir gehen weiter.

Aber er –, sagt sie und sieht zu dem Jungen, er braucht doch –

Nichts braucht der, sage ich. Nichts, was du oder ich ihm geben könnten.

Aber die Polizei, versucht sie es noch einmal. Wir müssen die Polizei –

Der kommt schon zurecht, sage ich. Wenn einer zurechtkommt, dann er.

Du kennst ihn?, fragt sie.

Ich habe ihn trainiert, sage ich und lache, weil das ja wohl ein Witz ist. Als könne man Sam trainieren.

Der schafft das, sage ich.

Bist du sicher?, fragt sie noch einmal, lässt sich jetzt aber mitziehen. Den ganzen Abend über sieht sie mich komisch von der Seite an.

Und das war es dann mit Jasmin, nach dieser Sache war der Wurm drin. Am Ende hat mir der Champion auch noch die Freundin genommen.

Karolina

Der erste Schnee fällt früh, zu früh. Es sei auch in vergangenen Jahren schon im August Schnee gefallen, das gäbe es immer wieder mal. Als der Karl der Fanni auf dem Feuerwehrfest den Heiratsantrag gemacht hat, in dem Jahr habe es auch geschneit.

Und doch. Ganz geheuer ist es ihnen nicht. Es sei ein Zeichen. Sie stehen in der Bäckerei und reden. Der Junge sei schuld. Es könne nichts Gutes bedeuten, dass er wieder da ist, es habe noch nie etwas Gutes bedeutet, wisst ihr noch, damals, das Unwetter, als er zum ersten Mal hier aufgetaucht ist, als der Blitz in Kehringers Scheune einschlug und alles Heu verbrannte, seine beste Kuh noch dazu, gerade so hätten sie das Haus retten können und beim Lindenwirt sei die Linde umgestürzt, dreihundert Jahre alt, und, und, und.

Ich sehe Marianne an, Marianne sieht mich an. Geh nicht hin, sagen ihre Augen.

Als ich später nach Hause gehe, hat der Zaun weiße Hauben bekommen und auf einmal gehe ich doch nicht nach Hause. Ich mache einen Schlenker über die Wiesen zum Sendlinger hinauf, wunderschön liegen sie da, weiß, weich und unberührt, ich will mich hineinfallen lassen, aber meine Füße sind kalt, ich habe die falschen Schuhe an, habe längst nasse Strümpfe, auch an den Händen friere ich, kann es dennoch nicht lassen, andauernd in den Schnee hineinzugreifen – er ist so schön, so verführerisch.

Dann stehe ich auf einmal auf der Anhöhe, drüben der Hof, jetzt muss doch Rauch aufsteigen, bei dem Wetter muss er doch ein Feuer machen, wenn nicht jetzt, wann dann?

Aber da ist nichts.

Bei Edgar stand immer der Wasserkessel auf dem Herd, zu allen Tages- und Nachtzeiten.

Aber Edgar ist nicht mehr da.

Ich will umdrehen, endlich nach Hause gehen, doch dann sehe ich etwas unter den Nussbäumen, jemanden, da liegt einer. Der Krähenjunge, im Schnee unter den Nussbäumen, der hat sie ja wohl nicht mehr alle, er muss doch völlig ausgekühlt sein, schon wieder hat er nur ein T-Shirt an, vielleicht ist er auch längst tot, aber nein, ich weiß, er lebt, es geht so eine Energie von ihm aus. Wie von Hochspannungsleitungen an Tagen, an denen man weiß, es wird noch ein Gewitter geben. Ein Bitzeln, ein Summen und dahinter die Stille. Nicht einmal die Krähen haben heute etwas zu sagen, sie sitzen in den Bäumen und sehen auf ihn herunter als hielten sie Wache.

Jeden anderen würde ich rufen, Toni, würde ich rufen, ist alles in Ordnung mit dir?, aber ich weiß ja noch nicht einmal, wie er heißt, dieser Krähenjunge.

Immer noch stehe ich auf der Anhöhe, das Schneetreiben wird dichter, die Welt verschwindet hinter einem weißen Flockenvorhang. Wie still Schnee doch sein kann.

Damals, als deine Welt einen Neuzugang bekam, den Lechnerhof in Moosbruck. Du bist am Zimmer des Alten vorbeigegangen, das Zimmer inmitten des Hauses, um das herum alles geschieht. Ein Zimmer, in dem es keine Fenster gibt, in dem es nach modriger Verwesung riecht, schlimmer noch als im toten Wald.

Er hat telefoniert, der Alte, die Tür stand einen Spalt breit offen. Weil du es hören solltest, nur deshalb. Der Lechnerhof in Moosbruck, hat er gesagt und sie waren für dich bestimmt, diese Worte. Das hast du gewusst, und du hast auch gewusst, dass du hinfahren wirst, sofort.

Der Fahrscheinautomat kennt nur ein Moosbruck. Achtunddreißig Minuten Fahrzeit, neun Euro zwanzig.

Schon sitzt du in der Bahn, eine alte Frau setzt sich dir gegenüber, du siehst sie an, dein Blick bleibt an ihr hängen, an ihren Augen, diese Farbe, dieses Blau – du kennst es und sie kennt dich. Aber wie kann das sein, es kann nicht sein.

Und doch ist es so.

Du bist der Junge von der Anna, sagt sie.

Du sagst nichts und auch sie sieht dich nur an. Isabelle, denkst du, deine Mutter heißt Isabelle. Aber sie ist nicht wichtig, war es noch nie. Anna, Johanna, deine Großmutter hieß so. Johanna Weidenkamp, geborene Lechner. Das ist alles, was du von ihr weißt, das ist alles, was auf ihrem Grabstein steht. Geliebte Frau, geliebte Mutter stand in der Todesanzeige, die du in seinen Schränken gefunden hast. Geliebte Frau, ja klar. Lüge, alles Lüge. In deiner Familie liebt keiner den anderen. Ja, der Alte liebt dich, aber doch nur, weil du aus seinem Holz geschnitzt bist, weil er dich geschnitzt hat, nach seinem Willen.

Und du liebst den Alten. Weil du nichts anderes kennst, weil du nicht anders kannst.

Wenn man das überhaupt Liebe nennen kann. Was weißt du schon von Liebe, nichts.

Nächste Haltestelle Moosbruck Bahnhof, sagt die Automatenstimme. Ausstieg in Fahrtrichtung links.

Durchs Dorf, sagt die alte Frau. An der Kirche und am Lindenwirt vorbei. Beim Bäcker rechts und dann immer geradeaus, bis das Dorf aufhört. Immer dem Weg nach, über die Wiesen, die Anhöhe hinauf, dort sieht man ihn dann schon, Edgars Hof.

Edgar?, fragst du.

Edgar, sagt sie. Annas Bruder.

Du steigst aus und nichts kommt dir bekannt vor. Am Bahnhof nicht und auch nicht, als du durch den Ort gehst, an der Kirche und am Lindenwirt vorbei, beim Bäcker rechts und dann immer geradeaus. Über die Wiesen, die Anhöhe hinauf, dort hältst du inne. Siehst als erstes die Nussbäume, drei große, ausladende, ein kleinerer dazwischen. Kra, rufen die Krähen von den Bäumen herunter.

Hier bin ich, sagst du.

Hinter den Bäumen der Hof und davor, auf der Bank neben der Tür, sitzt ein alter Mann mit einem Hund. Ein alter Mann und ein Hund – wie kann etwas genau das Gleiche sein und doch so anders?

Denn alles ist anders hier, du weißt es, noch bevor dich der Mann mit in die warme Stube nimmt und dir eine Tasse Tee hinstellt. Du wirst ihn nicht trinken, aber der Tee wird vor dir stehen und du könntest dir die Hände daran wärmen.

Endlich in Sicherheit, denkst du und weißt, es stimmt nicht.

Der alte Mann wird nicken, der Hund wird dir vorsichtig die Schnauze aufs Bein legen und dann wirst du hinausmüssen, schnell.

Zum See geht es die Wiese hinunter, wird der alte Mann hinter dir herrufen und dort wirst du hingehen, an den See.

Hier bin ich, sagst du noch einmal, als der See still vor dir liegt. Mit Stille kennst du dich aus, niemand kennt sie besser als du, aber selbst die Stille hier ist anders. Und wird noch einmal anders, als du untertauchst, in die Tiefe des Sees hinein. Nur die Krähen hörst du jetzt noch rufen. Es ist, als nähmest du sie mit unter Wasser. Oder vielleicht sind sie es, die dich mitnehmen?

Da kannst du schlafen, sagt der Mann, als du in die Stube zurückkommst, nackt und nass. Er reicht dir ein Handtuch und zeigt auf die Liege neben dem Ofen. Im Ofen knistert das Feuer. Ich passe auf dich auf, flüstert es dir zu und du willst lachen, aber da bist du schon eingeschlafen, auf der Bank in der anderen Ecke des Zimmers. Tief und fest schläfst du, wachst nicht einmal auf, als der Mann in der Nacht in die Stube kommt und Holz nachlegt. Du schläfst, bis die Sonne längst wieder über den Nussbäumen steht, du schläfst, als würdest du zum ersten Mal überhaupt wirklich schlafen.

Am Morgen steht erneut eine Tasse Tee vor dir, dampfend heiß.

Er stellt dir keine Fragen, dieser alte Mann, es ist, als hätte er nur darauf gewartet, dass du kommst.

Du siehst ihn an und er dich.

Er hat darauf gewartet, denkst du.

Später an diesem ersten Morgen sitzt ihr gemeinsam auf der Bank vor dem Haus: der alte Mann und du, zu euren Füßen der Hund. Drüben in den Nussbäumen die Krähen. Kra, rufen sie herüber. Eine landet auf dem kleinen Baum, kaum größer als ein Mensch ist dieser Baum, dessen dünner Ast sich unter dem Gewicht der Krähe biegt.

Den haben sie für dich gepflanzt, sagt der alte Mann und zieht an seiner Pfeife.

Was soll ich mit einem Baum?, denkst du.

Jeder braucht einen Baum, sagt der alte Mann.

Und deiner?, fragst du, aber dann weißt du es. Die Weide unten am See.

Er sieht dich an und lächelt.

Kra, rufen die Krähen.

Sie warten, sagt er.

Tun wir das nicht alle.

Anonym, Moosbruck

Das Schlimmste war, dass man nie gewusst hat, wann er wiederkommt.

Warum schließt du die Tür ab?, haben die Leute von außerhalb gefragt, wenn sie zu Besuch waren. Damals hat auf dem Land keiner die Türen abgesperrt. Nur wir in Moosbruck.

Das hält doch einen Einbrecher nicht ab, haben sie gesagt. Wenn die wollen, kommen sie doch hinein und machen euch auch noch die Tür kaputt.

Natürlich wussten wir, dass es nichts helfen würde, einfach nur die Türen abzusperren.

Trotzdem haben wir es getan. Seit sein Großvater das erste Mal hier aufgetaucht war. Spätestens, nachdem er die Anna mitgenommen hatte. Obwohl er dann ja gar nicht wiedergekommen ist.

Stattdessen kam sein Enkel. Ein kleiner Junge war er, als er das erste Mal hier aufgetaucht ist. Zumindest sah er so aus.

Immer haben wir gehofft, es wäre das letzte Mal, und wenn er jetzt ginge, käme er nicht mehr wieder.

Wirklich daran geglaubt hat aber keiner von uns.

Meist war er gar nicht lange da, manchmal nur einen Tag oder ein paar Stunden.

Wenn er aber da war, haben alle einen noch größeren Bogen um den See gemacht.

Er ist immer allein gekommen. Zuerst haben wir befürchtet, dass er irgendwann seinen Großvater mitbringen würde. Dabei hatte er ihn doch von Anfang an dabei. Wenn man dem Jungen in die Augen gesehen hat, dann hat man es gewusst. Der trägt den Großvater mit sich herum, hat man gedacht und geschaut, dass man davonkommt.

Diese Augen. Mit jedem Mal sind sie dunkler geworden. Das geht doch gar nicht, haben wir gedacht, das kann doch gar nicht sein. Aber doch, es geht.

Als er sechzehn oder siebzehn war, ist er lange nicht mehr gekommen. Keiner hat etwas gesagt, aber angesehen haben wir uns. Haben wir es überstanden?, haben wir uns gefragt.

Wie gern hätten wir daran geglaubt.

Der Münchner habe sich umgebracht, hieß es auf einmal.

Dass der sich einmal umbringt, das hätte auch keiner geglaubt. Der doch nicht.

Dann ist auch der Edgar gestorben. Die kleine Emmi hat ihn gefunden.

Und jetzt, haben wir gedacht, was passiert jetzt?

Als hätten wir es nicht gewusst.

Karolina

Dann hat es plötzlich wieder 23 Grad und Sonnenschein. Der Schnee ist fort, es ist, als hätte es ihn nie gegeben.

Das ist doch nicht normal, dieses Wetter, sagen sie in der Bäckerei.

Klimawandel, sagt einer. Er ist nicht von hier, ich habe ihn noch nie gesehen. Sie sehen ihn an, nicken, lächeln, wollen nicht unhöflich sein, aber was weiß der schon, denken sie. Der ist nicht von hier, der weiß gar nichts.

Dann kommt er in die Bäckerei und wie schnell sie alle fort sind, nur der Fremde ist noch da und sieht sich um. Wo sind sie nur alle hin? Die Riemensbergerin hält von draußen auf die Tür zu, sieht den Krähenjungen und macht eine Kehrtwendung. Nur ich kann nicht fort, aber will ich das überhaupt?

Er sieht mich an und ich ihn und der Fremde uns und auf einmal hat sogar er es eilig. Bezahlt und geht.

Dann sind wir allein.

Was darf es denn sein?, frage ich. Er lächelt mich an. Was ist das nur für eine bescheuerte Frage?

Wieder die Türglocke. Die alte Klara, Klara Grieser, über neunzig ist sie und die Einzige, die keine Angst zu haben scheint.

Sie sieht ihn an, den Krähenjungen, hält seinen Blick und nickt ihm zu. Bist du davongelaufen?, fragt sie und er lächelt.

Als könne man das, sagt er.

Man kann es probieren, entgegnet sie. Und wartet.

Bist du fertig?, fragt sie schließlich. Hast du alles, was du brauchst?

Was ich brauche, wiederholt er leise und dann geht er, ganz ohne etwas zu kaufen. An der Tür dreht er sich noch einmal um. Bis bald, sagt er.

Wir sehen ihm nach, alle beide.

Dann dreht sie sich zu mir um und ich weiß nicht, was ich aus ihrem Blick herauslesen soll. Trost, Mitleid, gutes Zureden?

Einen Bauernlaib, bitte, sagt sie.

Ich gebe ihr das Brot, sie gibt mir das Geld, noch einmal nickt sie mir zu, dann geht auch sie zur Tür und genau wie er dreht sie sich dort noch einmal um. Als wolle sie noch etwas sagen. Aber sie schweigt.

Was?, will ich fragen, doch stattdessen frage ich: Wie heißt er überhaupt?

Sam, sagt sie. Samuel Johann Weidenkamp.

Später tragen mich meine Füße schon wieder an den See. Sonnenstrahlen flirren übers Wasser, es lullt dich ein, dieses Glitzern.

Auf dem Stamm der Weide liegen seine Sachen – er muss draußen im See sein. Ich sehe ihn nicht, aber wo soll er sonst sein?

Ich hole den Notizblock heraus, der jahrelang in der Schublade unter der Kasse lag. *Huberstedts Bäckereibedarf* steht auf dem Deckblatt. Bis eben wusste ich nicht, dass ich ihn überhaupt eingesteckt hatte, aber da ist er. Einen Stift brauche ich nicht, ich tauche eine Hand ins Wasser und fahre mit dem nassen Finger übers Papier, zeichne unsichtbare Linien. Da ist nichts und da ist doch etwas. Vielleicht so, denke ich und sage: Samuel Johann Weidenkamp.

Es ist, als hätte er mich gehört. Draußen auf dem See taucht er auf, sieht mich und schwimmt zu mir herüber, steht schließlich vor mir, nackt und nass. Auf seinem Körper, zwischen den Wassertropfen, flirrt und leuchtet das Spinnennetz des Sees, es lockt dich, sofort willst du dich hineinwerfen, ins Wasser, in ihn. Aber dann sieht er dich an und in seinen Augen ist nicht ein Sonnenstrahl, nicht ein kleines Licht, nur Dunkelheit.

Er sieht auf den Block, dann zu mir und ich weiß, er versteht es, weiß, was ich tue, an was ich mich versuche. Er lächelt, wieder lächelt er und –

Ich habe dir ein Rosinenbrötchen mitgebracht, sage ich und ziehe die Tüte aus der Jackentasche. Wann habe ich dieses Brötchen eingepackt?, frage ich mich. Sage: Ich würde dich zum Essen einladen, aber es geht nicht, Omi würde sterben vor Angst.

Und du?, fragt sein Blick.

Und ich, ich falle erneut in die Dunkelheit.

Jetzt weißt du alles, jetzt hast du alles gesehen. Denkst du. Aber es ist nur die Stille vor dem Sturm, der tote Wald wiegt dich in Sicherheit, nimmt sich zurück, um dir dann umso gewaltiger ins Gesicht zu schlagen. Du denkst, du kennst ihn, aber dann, nächstes Level: verborgene Schlammlöcher, Baumgerippe, die nach dir greifen, Wurzeln, die dir ein Bein stellen, Brennnesseldickichte und schließlich fällst du mitten hinein in den schwarzen Schlamm. Weich müsstest du fallen, aber der Wald hat harte, scharfkantige Steine ausgelegt, extra für dich.

Irgendwann muss doch der Punkt kommen, an dem dir alles egal ist, an dem dir nicht mehr kalt ist, du keinen Hunger mehr hast, an dem du nichts mehr spürst, gar nichts. Nichts kann dir dann noch wehtun, jetzt muss es doch gut sein.

Aber der Punkt kommt und es ist nicht gut.

In der Hütte, an der Wand über den Messern hängt ein Jesus am Kreuz, mit eingestaubten Palmzweigen im Genick. Palmzweige, Zeichen des Lebens. Gott segne dieses Haus, Gott schütze dieses Haus.

Es gibt nur einen Gott im toten Wald. Der an der Wand ist es nicht.

Karolina

Mama, wir müssen Lilli schlachten, hat Emmi gesagt. Lilli, Omis letztes Huhn. Sieben Hühner waren es und ein Hahn, doch dann kam der Marder. Der hat ihnen den Garaus gemacht, nur Lilli hat überlebt. Mit hängendem Kopf schleppt sie sich seither durchs Leben, überlässt die Weizenkörner zum größten Teil den Spatzen.

Wieso ausgerechnet jetzt?, frage ich Emmi.

Wegen der Hühnersuppe, sagt Emmi und: Ich hole den Krähenjungen, der kann das.

Woher willst du das –, setze ich an und breche ab. Sie würde ohnehin nichts anderes als Ich weiß es eben, Mama. sagen. Außerdem ist sie längst schon davongerannt.

Als die beiden zurückkommen, hat es angefangen zu regnen. Ohne Schirm laufen sie nebeneinander durchs Dorf, er mit einem Beil in der Hand.

Marianne wird sich morgen einiges anhören müssen.

Ich brauche ein Messer, sagt er, ein scharfes. Er folgt mir in die Küche, ich zeige ihm ein Messer nach dem anderen, keines ist scharf genug.

Es wird schon gehen, sagt er und nimmt das mit der schmalen Klinge. Dann geht er hinaus, packt das Huhn, es wehrt sich nicht, ganz ruhig ist es in seinen Armen. Emmi zeigt ihm den Hackklotz. Heißes Wasser, sagt er. Sie läuft davon und ich will ihr hinterherlaufen, doch ich bleibe stehen und sehe zu, wie er dem Huhn den Kopf abhackt; zack, tot, keine Viertelstunde später bekomme ich ein gerupftes, ausgenommenes Huhn. Hühnersuppe, sagt Emmi, Mama, du musst Hühnersuppe machen, die wärmt von innen. Dabei sieht sie ihn an und nein, denke ich, mit einer Hühnersuppe wirst du da nicht weit kommen.

Du isst mit, sagt Emmi zu ihm. Wann essen wir, Mama? Sie sieht mich an. Um sechs, sagt sie, als ich nicht antworte. Komm um sechs.

Und er geht davon, mit dem blutigen Beil in der Hand. Sie werden die Polizei rufen, denke ich, aber natürlich tun sie genau das nicht.

Mama, der Krähenjunge ist da, ruft Emmi später und schon zieht sie ihn herein, zeigt ihm dieses und jenes, fast könnte man meinen, wir wären eine ganz normale Familie und er ein Freund zu Besuch. Dann sitzen wir beim Essen, immer noch plappert Emmi, erzählt ihm von den Hasen, Radeks Hasen, sie haben Junge bekommen, ganz klein und nackt sind sie, die Augen noch geschlossen; und wir sitzen da, Omi starrt ihn an und ich weiß, unter dem Tisch umklammert sie ihren Rosenkranz, nein, essen mag sie nichts.

Noch Suppe?, frage ich und er sieht mich an. Emmi plappert weiter, Zeus und Ares und Nyx haben sie die Hasen getauft, wie kommen sie nur auf diese Namen? Radeks Omi habe Kartoffelsuppe gemacht und Emmi hört nicht auf zu reden und er sieht mich an und ich muss einen Moment in die Küche, durchatmen. Aber in der Küche sehe ich den Stein. Hier, hat er vorhin gesagt, noch mit nassen Haaren, und mir den Stein in die Hand gelegt, auch der Stein war noch nass. Für dich.

Wie kann es sein, denke ich. Jetzt ist der Stein trocken, aber genauso schwarz wie vorhin, als läge er noch immer im See. Steine verlieren ihre Farbe, wenn sie trocknen. Dieser nicht.

Leg den Stein in ein Tuch, höre ich Leyla sagen. Und dann schlag mit dem Hammer darauf, ganz fest, so lange, bis der Stein zu Pulver geworden ist.

Ich sehe den Stein an, jetzt könnte ich Farbe daraus machen, aber nein, es geht nicht, ich kann ihn nicht mit einem Hammer erschlagen.

Später geht er nach Hause, der Krähenjunge, und es ist, als atme das Haus auf. Omi auf jeden Fall. Ich gehe ins Bett, sagt sie, aber vorher läuft sie noch mit Weihwasser durch alle Räume, die er betreten hat.

Ich nehme den Stein in die Hand, warm ist er. Warum ist er so warm, er lag doch auf der kalten, zugigen Fensterbank? Er passt genau in meine Handfläche hinein, wärmt sie und ich denke an Frodos Ring, daran, wie er sich am Ende kaum mehr von ihm lösen konnte.

Ich will an den See, jetzt sofort, will diesen Stein wieder ins Wasser werfen, fort mit ihm, dahin, wo er hingehört, aber ich tue es nicht, ich schließe meine Hand zur Faust und als Omi mit dem Weihwasser hereinkommt, sieht sie mich an, tupft den Finger ins Wasser und zeichnet mir stumm ein Kreuz auf die Stirn.

Karolina

Natürlich reden sie. Nicht mit mir, an mir sehen sie vorbei, Tage später noch. Nur das Nötigste: Ein Roggenbrot bitte und zwei Semmeln, danke.

Gerade, als das Gerede wieder abebbt, als jeder alles oft genug gesagt hat, als schon das nächste Thema im Raum steht, Sandra, die jüngste der Klinglers sei schwanger, heißt es, aber von wem eigentlich, gerade dann stirbt uns Omi weg.

Einfach so. Morgens ist sie nicht mehr aufgewacht.

Ein schöner Tod, würden sie sagen, wäre da nicht er, der Junge, wäre er nicht kurz zuvor noch bei uns gewesen (mit einem Beil und blutigen Händen). Omi könnte noch leben, sagen sie. Viele gute Jahre hätte sie noch vor sich gehabt, aber nein.

Omi war siebenundachtzig.

Marianne sagt nichts, Marianne packt an. Pfarrer, Beerdigung, Sarg, Todesanzeige – sie weiß, was zu tun ist.

Du musst deine Mutter anrufen, sagt sie.

Ich weiß, sage ich.

Also rufe ich Mama an. Omi ist tot, sage ich.

Sie schweigt.

Dann muss ich wohl kommen, sagt sie schließlich.

Sie kommt, sage ich zu Marianne, spüre ihre Hand auf meiner Schulter.

Wir gehen in die Kirche zur Totenwache. Alle sind sie da, die Radbergers, Hubers, Holzners, Kehringers, die Hirschbichlerin, das ganze Dorf beugt sich über Rosenkränze, ihre Stimmen ein leises Murmeln. Erlöse uns von dem Bösen, Herr, erlöse uns von dem Bösen.

Mama kommt pünktlich zur Beerdigung. Sie kommt und sofort will ich aus dem Haus rennen. Ich mache es auch, Wir müssen los, sage ich. Ach Kind, sagt sie.

Ach Kind, wiederholt sie später. Wir haben Omi beerdigt, den Leichenschmaus hinter uns gebracht, sind wieder zu Hause.

Was wird jetzt aus dem Haus?, fragt sie. Willst du hier bleiben, immer noch? Brötchen verkaufen?

Mama, denke ich.

Kommt doch zu uns, sagt sie, bei uns ist Platz genug.

Mama, sage ich.

Es klingelt.

Emmi öffnet die Tür und Radek stürzt herein, seine drei Schwestern, seine Mutter und Oma im Schlepptau. Alle sind beladen mit Essen: Hühnersuppe, Schweinebraten, Knödel, Honigkuchen, Buchteln.

Sie müssen essen, Fräulein Karolina, sagt Radeks Oma, bei Kräften bleiben. Ist wichtig. Emmi, Engelein, du auch.

Dann entdeckt sie meine Mutter, mustert sie lange. Meine Mutter mustert zurück. Ich sollte die Vorstellung übernehmen, aber ich kann nicht.

Oma, sagt Emmi, das ist Oma Terez, Mama Jasmina, Adelina, Agneta, Adriana und Radek, Radek ist mein Freund. Emmi dreht sich um. Das ist meine Oma Ellie.

Die Schwestern schauen verwirrt. Oma?, höre ich sie denken. Oma ist doch tot?

Ist die Omi jetzt für immer fort?, fragt Radek. Radek wundert sich nicht, Radek weiß um Omi und Oma.

Schh, machen seine Schwestern.

Ich frag' doch nur, sagt Radek.

Dummkopf, sagt Adelina, natürlich ist sie fort. Wann hast du Onkel Tomas das letzte Mal gesehen? Wenn einer stirbt, ist er fort, für immer.

Jesus nicht, sagt Radek.

Seine Schwester ignoriert ihn und hält meiner Mutter die Schüssel mit den Buchteln hin. Hier, sagt sie. Die sind super lecker.

Emmi, sagt Radek. Ist Omi jetzt für immer fort?

Niemand ist für immer fort, sagt Emmi.

Radek sieht seine Schwester mit einem Siehste-Blick an, doch die verdreht nur die Augen.

Als die Nováks wieder gegangen sind, finde ich Mama im grünen Zimmer. Sie hat meine Bilder gefunden. Ich dachte, ich hätte sie alle weggeworfen, aber ständig tauchen neue auf.

Die Palette sieht sie auch. Schattierungen von Schwarz, nicht eine davon ist richtig, nicht eine passt. Daneben liegt der Stein aus dem See.

Sie will den Krähenjungen malen, Oma, sagt Emmi.

Den Krähenjungen? Mama sieht auf die Zeichnungen. Das hier sieht mir mehr nach einem Mann aus.

Der Krähenjunge, Oma, wiederholt Emmi. Der auf Edgars Hof wohnt. Und im See schwimmt.

Mama sieht mich an. Ich sehe aus dem Fenster.

Ihr kommt mit mir nach Ibiza, sagt sie.

Nein, sage ich.

Es ist besser –, fängt sie an. Du solltest – Sie bricht ab. Ausgerechnet, sagt sie. Muss es denn ausgerechnet …? Wieder sieht sie mich an. Seufzt schließlich.

Was weißt du schon von ihm, denke ich. Was weißt du schon von mir?

Genug.
Liest du mir was vor, Oma?, fragt Emmi.

Hanna, Reihenhausbewohnerin, Münchner Speckgürtel

Ich saß den ganzen Abend lang in meinem Zimmer, Kopfhörer auf den Ohren, Englischhausaufgabe vor mir. Mama, Papa und Tim waren unterwegs und ich allein zu Hause. Gegen zehn bin ich runter, ich hatte noch mal Hunger, wollte was essen. Im Wohnzimmer brannte Licht. Nanu, dachte ich, sind sie etwa schon wieder da?

Im Wohnzimmer steht dieser Typ, ich kenne ihn nicht. Steht da und sieht sich unsere Bilder an, Mama hat eine ganze Wand damit vollgepflastert: Geburtstage, Urlaube, Hochzeiten, erste Schultage – unser ganzes Leben hängt an dieser Wand.

Warum schreie ich nicht?, denke ich. Ich muss doch schreien, da steht ein Fremder im Wohnzimmer, ein Einbrecher, wer weiß, auf was er es abgesehen hat, wer weiß –

Aber er sieht mich an und ich schreie nicht.

Hi, sagt er, als wäre ich die Fremde in seinem Wohnzimmer und da muss ich fast schon lachen.

Dunkle Augen hat er, ich habe noch nie so dunkle Augen gesehen. Und er riecht nach Schnee. Es ist Sommer, aber er riecht nach Schnee, nach kalter, klarer Winterluft.

Sein Blick wandert wieder zu den Fotos. Deine Eltern?, fragt er.

Hä?, denke ich und frage mich, ob er vielleicht ein verstoßener Halbbruder oder so etwas ist und mir gleich erzählen wird, dass mein Vater auch sein Vater sei. Aber dann sieht er mich wieder an. Nein, der gehört nicht zu uns.

Sind sie gut zu dir?, fragt er.

Der spinnt doch, denke ich.

Ich sollte die Polizei rufen, sage ich.

Ja, sagt er. Das solltest du.

Dann geht er.

Als Tim eine halbe Stunde später nach Hause kommt, stehe ich immer noch im Wohnzimmer, habe nicht die Polizei gerufen, noch immer nichts gegessen.

Was machst du denn hier?, fragt er. Und warum ist es hier so kalt?

Als du aus dem Wasser herauskommst, sitzt das kleine Mädchen auf dem Stamm der Weide.

Ihr seht euch an.

Draußen, über dem See und den Wiesen, hängt der Nebel.

Da ist ein toter Junge im See, sagt das Mädchen und sieht dich an. Bist du das?, fragt sie. Kannst du deshalb kein Feuer machen?

Kra, rufen die Krähen aus der Ferne, kra.

Da hast du deine Antwort, denkst du.

Sie sagen, du hast meine Omi umgebracht. Das Mädchen lächelt, als hätte sie eine harmlose Bemerkung übers Wetter gemacht. Sie hatte so eine Angst vor dir, fügt sie hinzu. Vor deinem Opa. Alle haben Angst vor ihm. Nur du nicht.

Über dem See gefriert der Nebel zu Eis.

Ist das so?, denkst du.

Dein Opa, sagt sie. Das ist der böse Geist in deinem Gepäck, nicht wahr?

Karolina

Ich gehe zum See und heute ist er einfach nur ein See, trist, grau und öd. Nicht ein einziger glitzernder Spinnenfaden. Ich greife ins Grau hinein, hole einen der schwarzen Steine heraus und werfe ihn, so weit ich kann.

Nichts ändert sich, nichts passiert, aber was habe ich auch erwartet?

Ich gehe über die Wiese zum Hof hinauf. Die Bank vor dem Haus ist leer.

Ich öffne die Haustür. Drinnen ist es dunkel. Ich bilde mir ein, dass es immer noch nach Edgar riecht, nach seinem Tabak, dem Holzfeuer, den getrockneten Kräutern. Edgar würde wissen, welche Mischung ich jetzt brauche, Edgar würde mir eine Tasse hinstellen und alles würde wieder gut. Besser. Wärmer in jedem Fall.

Aber Edgar ist nicht mehr da und all seine guten Geister hat er mitgenommen.

Ich stehe noch immer in der Tür zur Stube und erst als sich meine Augen an die Dunkelheit gewöhnt haben, gehe ich hinein. Auch hier ist es dunkel. Ich sehe ihn nicht, aber er ist da, ich weiß es. Hinter Edgars Wärme riecht es nach Schnee.

Omi ist vor Angst gestorben, sage ich in die Dunkelheit hinein.

Niemand stirbt vor Angst, sagt er.

Du vielleicht nicht, denke ich.

Ich taste mich vorsichtig an die Wand heran, an der Edgar die getrockneten Kräuter aufgehängt hat. Streiche mit der Hand über die Büschel, schnuppere.

Das macht es nicht besser.

Wenn einer stirbt, frage ich, ist er dann für immer fort?

Stille. Draußen rufen die Krähen.

Nein, sagt er.

Aber –

Karolina, sagt er und mein Name wird davongetragen, auf Krähenschwingen durchs Fenster hindurch, die Wiese hinunter, zum See hin. Über dem See bleibt er hängen wie aufsteigender Nebel.

Was ist mit deinem Großvater?, frage ich und der Nebel gefriert zu Eis.

Was geht es dich an, antwortet er.

Ich fange an, im Ofen Holz aufzuschichten. Baue einen perfekten, kleinen Scheiterhaufen, drehe mich dann wieder zu ihm um. Es ist ganz leicht, sage ich. Du musst nur ein Streichholz dranhalten.

Dann tu es doch, sagt er. Zünd' es an. Ich tue es und das Feuer, es brennt. Jetzt muss es doch warm werden, denke ich. Sehe ihn an und er lächelt.

Werden wir miteinander schlafen?, frage ich, hole ein Kondom aus meiner Hosentasche und lege es vor ihm auf den Tisch.

Wenn du meinst, sagt er und keine Minute später tun wir es, schnell und kalt und unberührt.

Und jetzt?, frage ich.

Jetzt haben wir es hinter uns, sagt er.

Und ich gehe zurück nach Hause.

Denkst du an Papa?, fragt Emmi später, als ich mit einer Tasse und einem lächerlichen Teebeutel, auf dem »Trost und Wärme« steht, in der Küche am Fenster stehe und in den Nebel hinausschaue.

João. Wenn er dich anlächelte, wenn er dich berührte, ging es dir durch und durch. Wärme und Geborgenheit, das war João.

Willst du mit Oma nach Ibiza?, frage ich.

Nein, sagt Emmi. Noch nicht. Später, wenn der Kleine da ist.

Welcher Kleine?, frage ich, bekomme aber nur ein Lächeln als Antwort.

Am nächsten Tag hat sich der Nebel verzogen. In der Bäckerei hat Marianne das Radio angeschaltet, I should've walked away singt jemand und ja, das hätte ich tun sollen. Aber wohin? Ich denke schon wieder an Edgar. An den Abend, als ich neben ihm saß und mir plötzlich die Tränen kamen, still und leise liefen sie meine Wangen hinunter. Ich dachte an João und wünschte –

Manches ist unausweichlich, hat Edgar gesagt. Und sein Tee, er wärmte dann doch immer nur ein winzig kleines Stück von mir.

Er hätte nicht fahren sollen, habe ich gesagt, er hätte einfach nicht fahren sollen, nicht an diesem Morgen, nicht mit dem Auto.

Edgar hat genickt und ich habe mir gewünscht, der Hund wäre noch da, Edgars alter Hund, sein Kopf auf meinen Füßen, aber auch er ist tot und begraben. Unter den Nussbäumen, dort wäre auch Edgar am liebsten begraben worden, aber das geht natürlich nicht, ihn haben sie auf den Friedhof getragen.

Der Krähenjunge, hat Edgar gesagt. Er wird kommen und dich holen.

Ja, ist gut, Edgar, habe ich gedacht.

Ich hätte davonlaufen sollen. Aber ich habe es nicht getan, bin stattdessen zu einer Eispfütze festgefroren, einer glitzernden, funkelnden Eispfütze. João hätte mich in die Arme genommen und langsam, ganz langsam wieder aufgetaut. Aber João ist nicht mehr da. Statt ihm ist einer gekommen, der hineinspringen wird, mitten ins Eis.

II

Das tote Mädchen

Lissi, Jans kleine Schwester

Wir fahren nach Moosbruck, Daniel und ich. Keine Ahnung, wie das jetzt wieder passieren konnte. Also klar, ich habe ihn gefragt: Fährst du mit mir ins Grüne, habe ich gefragt, wir könnten doch ein bisschen spazieren gehen. Und er starrte mich an, als hätte ich vorgeschlagen, ein paar Tiere zu quälen.

Klar, es war eine Scheißidee hinzufahren. Und dann auch noch mit Daniel, der rechnet sich gleich sonst was aus, aber hey, er hat ein Auto und macht, was ich will. Tina sagt, er hat sie nicht mehr alle und Tina hat wahrscheinlich wie immer recht, aber egal, ich will doch nur nach Moosbruck.

Moosbruck, was ist das überhaupt für ein Kaff? Was kann man hier wollen, ausgerechnet hier?

Daniel fährt mich also und wir laufen durch einen Wald, kommen an einen See und da schwimmt jemand. Ich weiß sofort, dass es stimmt, was Rafael gesagt hat, es ist wirklich Sam, sein Bruder Sam ist tatsächlich hier und schwimmt in diesem See.

Rafael, noch so einer, von dem ich mich fernhalten sollte. Was würdest du alles dafür tun?, hat er gefragt. Dass ich dir sage, wo du ihn findest?

Verpiss dich, hätte ich antworten sollen.

Habe ich aber nicht. Deshalb bin ich jetzt an diesem See und nach Millionen Stunden Schwimmtraining, bei denen ich von der Tribüne aus zugesehen habe, weiß ich, dass es Sam ist, der da schwimmt.

Spinnt der?, fragt Daniel.

Ja, denke ich, aber Daniel fragt, weil es schweinekalt ist. Wir haben Daunenjacken an, Schal, Mütze, Handschuhe.

Was ist?, fragt Daniel. Wieso bleibst du stehen? Aber ich antworte nicht und endlich kommt er aus dem Wasser. Es ist tatsächlich Sam, nackt, nass, beachtet uns gar nicht. Verdammt, denke ich, was für eine Scheißidee.

Sam, sage ich und da sieht er uns doch an. Mich.

Ich hätte wirklich nicht herkommen sollen, denke ich.

Lissi?, fragt Daniel neben mir, aber wer interessiert sich für Daniel?

Lissi, sagt Sam. Und lächelt. Dieses verdammte Lächeln.

Ihr kennt euch?, fragt Daniel.

Sam kennen? Niemand kennt Sam.

Nein, sagen wir gleichzeitig.

Du Arsch, denke ich.

Komm, lass uns gehen, sage ich zu Daniel und natürlich kommt er.

Im Auto fragt er tausend Sachen. Wer das war, ob ich den kenne, was das sollte, ob ich nur wegen dieses Typs an den See wollte? Aber ich sage nichts, kein Wort sage ich. Jetzt ist Schluss, denke ich, ich fahre da nicht mehr raus, werde ihm nicht mehr hinterherlaufen, ganz bestimmt nicht, nie mehr.

Was man halt so sagt.

Karolina

Die Sache mit Omi war endlich auserzählt, langsam kehrte wieder Ruhe ein im Dorf.

Da findet der Lenz das Mädchen. Die junge Frau.

Himmelhergottsakra. Tage später kommt er in die Bäckerei, noch immer kreidebleich, noch immer schüttelt er alle paar Minuten den Kopf, als könne er es nicht fassen.

Er kann es nicht fassen.

Das kann doch nicht sein, sagt er. Dass einer so etwas tut. Ausgeweidet wie ein Tier, ein Schlachtfeld sei das gewesen. Alles rot, voller Blut. Und dieser Geruch.

Und die Leute stehen um ihn herum, trinken Kaffee, essen eine Butterbreze. Kommen nicht von ihm los, von dem, was er erzählt, so wenig, wie er selbst loskommt von den Bildern in seinem Kopf.

Und alle wissen sie, wer dahinter steckt. Das konnte ja nicht gut gehen, sagen sie. Die war nicht von hier, sagen sie, was wollte die hier, die wollte zu ihm. Das kommt dabei heraus, wenn man sich mit ihm einlässt, so endet es. Dann sehen sie mich an und sagen nichts mehr.

Der Krähenjunge war es nicht, sagt Emmi.

Geh trotzdem nicht mehr hin, will ich ihr sagen, müsste ich ihr sagen, aber – ausgerechnet ich?

Ich gehe zu ihm, er ist im Schuppen und hackt Holz. Ich sehe ihm eine Weile dabei zu. Kein Schlag geht daneben und selbst die widerspenstigsten Scheite geben irgendwann auf und fallen auseinander.

Wozu?, frage ich. Wozu all das Holz, wenn du nie ein Feuer machst?

Er hält inne und sieht mich an. Greift nach dem nächsten Scheit, stellt es auf und schlägt es entzwei. Als wäre das eine Antwort, als wäre das eine Erklärung.

Die beste, die ich dir geben kann, sagt er.

Gärtner

Die Leute unterschätzen dich, sagt Marlene. Die sehen den lieben Kerl, dein harmloses Ich-tu-dir-nichts-Gesicht und sofort vertrauen sie dir ihre Blumen, ihre Hamster und ihre Post an. Plus sämtliche Geschichten, die sie besser für sich behalten hätten.

Beste Voraussetzungen also, erwidert Gärtner.

Sie trinkt einen Schluck Kaffee, steht auf und sieht aus dem Fenster. Es regnet, schon wieder.

Ich weiß nicht, sagt sie. Und dann: Es gibt doch diese Theorie, dass jeder Polizist genauso gut auf der anderen Seite hätte landen können.

Was ist mit den Verbrechern, die bei der Polizei landen?, unterbricht Gärtner. Berthold, zum Beispiel.

Ach, Berthold. Sie winkt ab. Ich meine etwas anderes. Dass es manchmal nur ein schmaler Grat ist, ob man sich für das Gute oder das Böse entscheidet.

Auf welcher Seite stehen wir?, fragt Gärtner.

Ach komm, Robin. Sie dreht sich um. Du weißt doch ganz genau, was ich meine.

Das ist keine Entscheidung, die man ein Mal trifft, sagt er. Die trifft man jeden Tag aufs Neue.

Ja, Amen.

Marlenchen, sagt er.

Ach, halt die Klappe.

Eins noch.

Ja?

Hamster?

* * *

Am nächsten Morgen ist Marlene krank. Es gibt einen Leichenfund und Gärtner fährt mit Berthold an den Tatort.

Was für eine Sauerei, sagt Berthold und ausnahmsweise muss Gärtner ihm recht geben.

Hanna Wiegand von der Spurensicherung kommt auf sie zu. Elisabeth Wegener, sagt sie. Wir haben ihren Geldbeutel in der Jackentasche gefunden, mitsamt Personalausweis. Neunzehn Jahre alt, Robert-Lechner-Straße, München.

Neunzehn, denkt Gärtner. Verdammt jung.

München?, fragt Berthold, was wollte die hier?

Liegt vermutlich seit gestern Abend da, fährt Wiegand fort, erstochen. Eindeutig Fremdverschulden. Tatwaffe haben wir noch keine gefunden, der Täter hat sie vermutlich mitgenommen.

Da ist einer durchgedreht, sagt Berthold.

Wer hat sie gefunden?, fragt Gärtner.

Hubert Lenz, sagt Wiegand. Wohnt hier im Ort, war mit seinem Hund unterwegs, um kurz nach sechs kam der Notruf rein.

Wo ist er jetzt?, fragt Gärtner.

Vermutlich noch bei –, sie blättert in ihren Notizen, Hermann Fellner, das nächstgelegene Haus von hier aus, Lenz hatte kein Telefon dabei, er hat von dort aus angerufen. War ziemlich aufgelöst.

Kein Wunder, sagt Berthold.

* * *

Habt ihr schon was?, fragt Gärtner später Moritz Bender, der als einer der ersten vor Ort war.

Das ist ein bisschen komisch, sagt der.

Gärtner sieht ihn abwartend an.

Na ja, keiner hat was gesehen, keiner hat was gehört, niemand kennt die Tote, zumindest nicht dem Namen nach, aber alle sind sich sicher, zu wissen, wer es gewesen ist. Also wer sie umgebracht hat.

Gärtner zieht die Augenbrauen hoch. Ach?

Der Junge.

Der Junge?

So nennen sie ihn. Kaum was rauszukriegen aus den Leuten. Ich glaube, die Hälfte von denen weiß gar nicht, wie er wirklich heißt. Der Enkel vom Johann, sagen sie. Der Johann ist der Johann Weidenkamp, den Namen kennen sie alle. Weidenkamp hat in München gelebt, aber seine Frau war von hier. Beide tot, er erst seit Kurzem. Bender sieht von seinen Notizen auf: Selbstmord. Sie ist schon länger tot. Jedenfalls der Enkel, also der Junge, jahrelang habe er sich nicht blicken lassen, zum Glück, und kaum sei er wieder da, stürbe die Irmi, Irmi Rehberger, bei deren Enkelin sei er kurz vor ihrem Tod zu Besuch gewesen. Ein Huhn habe er geschlachtet und nur deswegen sei sie gestorben und jetzt –

Moment, unterbricht Gärtner. Noch eine Tote?

Bender winkt ab. Herzversagen, sagt Doktor Rössler, der Hausarzt. Sie war siebenundachtzig Jahre alt, alles ganz natürlich, keinerlei Verdachtsmomente.

Aber die Leute hier sehen das anders?

Die Leute sehen das ganz anders.

Gärtner sieht Richtung Wald, dorthin, wo das tote Mädchen liegt.

Und wie heißt er nun, dieser Junge?

Samuel Johann Weidenkamp, zuletzt gemeldet in München, momentan scheint er –, Bender blättert erneut in seinen Notizen, ein bisschen außerhalb des Dorfes auf dem Lechnerhof zu wohnen, dem Elternhaus seiner Großmutter.

München, sagt Gärtner. Haben wir was über ihn?

Bender schüttelt den Kopf. Nein.

* * *

Hier also, sagt Gärtner, als sie vor dem Lechnerhof halten.

Sieht nicht so aus, als würde hier einer wohnen, sagt Berthold.

Kein Licht, kein Rauch, und der Garten, oder das, was von ihm übrig geblieben ist, völlig verwildert und zugewuchert. Auch das Haus steht schief und gebeugt, als hätte es keine Lust mehr, den Elementen zu trotzen, als wäre es an der Zeit, sich zu verabschieden. Dem Dach fehlen ein paar Ziegel, Sprünge zerteilen die Fensterscheiben. Einzig die Bank neben der Haustür macht einen bleibenden Eindruck.

Den Balkon würde ich jedenfalls nicht mehr betreten, sagt Berthold.

Gärtner steigt aus. Wie still es ist, denkt er. Kra, rufen die Krähen in die Stille, als hätten sie seinen Gedanken gehört. Gärtner dreht sich um und sieht sie auf den Nussbäumen landen.

Schauen wir mal, ob jemand da ist, sagt Berthold, der schon an der Tür steht und klopft. Vielmehr: hämmert.

Keine Klingel, sagt er, als Gärtner zu ihm aufschließt.

Es ist offen, ruft jemand. Sie drehen sich um, ein kleines Mädchen kommt die Wiese heruntergerannt, direkt auf sie zu.

Die Tür ist immer offen, ruft sie.

Stimmt, bestätigt Berthold, der mittlerweile die Klinke heruntergedrückt hat.

Und du bist?, fragt Gärtner, als das Mädchen vor ihm steht und ihn mit großen Augen ansieht, Augen von einer undefinierbaren Farbe.

Du bist die Polizei, sagt sie.

Und du?, fragt Gärtner. Solltest du nicht im Kindergarten sein? Oder in der Schule?

Ich bin Emmi, sagt sie. Und da unten ist der See. Sie zeigt die Wiese hinunter Richtung Waldrand. Da findet ihr ihn.

Wen?, fragt Berthold.

Na, den Krähenjungen, sagt sie. Zu dem wollt ihr doch, oder?

Krähenjunge?, fragt Gärtner.

Sam Krähenjunge. Sie lächelt Gärtner an.

Blau vielleicht?, fragt er sich. Abendhimmelblau?

Tschüss, ruft das Mädchen und rennt wieder los. An den Nussbäumen vorbei, den Schotterweg entlang Richtung Dorf.

Ihr nach?, fragt Berthold und sieht nicht so aus, als hätte er wirklich Lust dazu.

Gärtner winkt ab. Wir werden sie schon wiederfinden, wenn es sein muss.

Er sieht die Wiese hinunter, in die Richtung, in die das Mädchen gezeigt hat. Du das Haus, ich den See?

Berthold nickt.

* * *

Ein schmaler Pfad, kaum zu erkennen, führt Gärtner zum See, zu einer alten Weide, auf deren Stamm Kleider liegen.

Gärtner sieht aufs Wasser hinaus, doch da ist niemand, alles scheint unberührt. Wie still es hier ist, denkt Gärtner. Er setzt sich auf den Stamm der Weide, sieht auf den See hinaus und die Zeit kommt ihm abhanden.

Als das Wasser hart ans Ufer schlägt, schreckt er zusammen. Draußen auf dem See ist jemand aufgetaucht und schwimmt nun in einer Gleichmäßigkeit und Eleganz, dass Gärtner beinahe schon wieder die Zeit vergisst.

Der Schwimmer hingegen vergisst Luft zu holen. Gärtner hält den Atem an und zählt mit. Drei Schwimmzüge und er schnappt nach Luft. Der Schwimmer hält vier weitere Züge durch, bevor sich sein Kopf zur Seite dreht.

Gärtner steht auf, als der andere aufs Ufer zuhält. Schon kommt er raus, Wasser läuft an ihm herunter, er ist nackt.

Die beiden Männer sehen sich an, schon wieder verliert Gärtner die Zeit.

Samuel Weidenkamp?, fragt er schließlich und zeigt seinen Ausweis. Robin Gärtner, Kriminalpolizei München.

Der andere rührt sich nicht, Wasser tropft aus seinen Haaren, läuft über seine Brust, läuft –

Wollen Sie sich nicht anziehen?, fragt Gärtner.

Still, der andere steht so still, wie man nur still stehen kann.

Ich werde ein verdammt inkompetenter Ermittler in dieser Sache sein, denkt Gärtner.

Kennen Sie eine Elisabeth Wegener?, fragt er.

Der andere sieht ihn an. Genau genommen hat er Gärtner die ganze Zeit über schon angesehen, jetzt aber so richtig. Gärtner tritt einen Schritt zurück.

Verdammt, denkt er.

Dann ist es tatsächlich Lissi, sagt der andere.

Sie kennen sie also?

Wieder diese Stille.

Kennen, sagt der andere und zieht das Wort in die Länge. Nein.

Gärtner zieht die Augenbrauen hoch. Ihren Namen scheinen sie aber schon zu kennen.

Ja und?

Ja und.

Vielleicht ziehen Sie sich erst einmal etwas an, sagt Gärtner.

Der andere lächelt und Gärtner hält es nicht mehr aus, er dreht sich um und geht davon. Ich warte oben auf Sie, sagt er.

Wo bleibst du denn?, fragt Berthold, der am Auto lehnt. Hast du ein Picknick gemacht?

Irgendwas Interessantes gefunden?, fragt Gärtner.

Berthold schüttelt den Kopf. Mit den Messern da drinnen kannst du froh sein, wenn du einen Apfel geschält kriegst. Die Axt im Schuppen sieht schon interessanter aus, aber nach einer Axt suchen wir ja nicht. Und du?

Gärtner zuckt mit den Schultern. Ein seltsamer Typ, sagt er.

Ach, sagt Berthold und wartet auf mehr. Aber Gärtner fallen keine Worte ein.

Er sucht noch immer nach ihnen, als sich Berthold aufrichtet.

Ist er das?, fragt er. Der Junge?

Gärtner folgt seinem Blick, sieht Weidenkamp den Hang heraufkommen. Ja, er hat sich angezogen, aber die Jeans klebt ihm am Körper, genau wie das T-Shirt.

Berthold sieht von Weidenkamp zu Gärtner, dann wieder zurück. Ach, sagt er noch einmal. Scheint mir eher ein Mann zu sein als ein Junge.

Halt die Klappe, denkt Gärtner.

Weidenkamp bleibt vor ihnen stehen. Bleibt vor Gärtner stehen, Berthold ignoriert er.

Bist du immer noch da?, fragt er.

Ach, sagt Berthold schon wieder und sieht nun ebenfalls Gärtner an. Man ist schon beim Du?

Wo waren Sie gestern Abend?, fragt Gärtner.

Im See, sagt Weidenkamp. Schwimmen.

Machen Sie eigentlich auch noch was anderes?, fragt Berthold und hat jetzt doch Weidenkamps Aufmerksamkeit.

Gleich passiert was, denkt Gärtner, aber dann passiert doch nichts, abgesehen davon, dass Weidenkamp lächelt.

Aber was für ein Lächeln, denkt Gärtner.

Wann haben Sie Frau Wegener das letzte Mal gesehen?, fragt er.

Letztes Wochenende.

Berthold stellt sich noch aufrechter hin. Geht es vielleicht ein bisschen genauer?, fragt er.

Weidenkamp ist wieder dazu übergegangen, ihn zu ignorieren, antwortet dann aber doch. Als ich aus dem See kam, stand sie da.

Allein?, fragt Gärtner.

Weidenkamp schüttelt den Kopf. Nein.

Berthold schnaubt.

Wer war bei ihr?, fragt Gärtner.

Irgendein Typ. Weidenkamp zuckt mit den Schultern.

Was wollte sie hier?

Wieder sieht Weidenkamp nur Gärtner an. Wieder geschieht etwas mit der Zeit.

Mich, sagt er. Mich wollte sie.

So ein kleiner Scheißer, sagt Berthold später, als Weidenkamp im Haus verschwunden ist.

* * *

Als sie zurückfahren, ist es still im Auto. Zuerst fällt es Gärtner gar nicht auf, vielleicht, weil er noch übervoll ist mit der seltsamen Stille dieses Ortes, dieses Mannes.

Dann aber macht er den Fehler, zu Berthold hinüberzusehen.

Stehst du also doch auf Männer, sagt Berthold und setzt das schmierige Lächeln auf, mit dem er sonst die Kolleginnen belästigt.

Gärtner schweigt so lange, bis Bertholds Grinsen ein klein wenig an Selbstgefälligkeit verliert. Eifersüchtig?, fragt er dann.

Ja leck mich doch am Arsch, sagt Berthold und erschrickt im selben Moment über sich selbst, über das, was er da gerade gesagt hat.

Nein, sagt Gärtner. Lieber nicht.

Ina, ehemalige Mitschülerin, München

Wie jeden Freitag habe ich Tresendienst und natürlich sitzt Basti schon da, als ich komme. Seit der Elften ist er hoffnungslos in mich verknallt. Sagt er zumindest. Warum sehe ich dich dann andauernd mit anderen Frauen rumknutschen?, frage ich, aber das eine habe mit dem anderen nichts zu tun. Sagt er zumindest.

Das glaubst du jetzt nicht, sagt er, als ich ihm ein Helles hinstelle.

Das glaubst du jetzt nicht, jeden Freitag sagt er das und erzählt mir dann, dass Frauen doppelt so häufig blinzeln wie Männer, dass eine Raupe dreimal mehr Muskeln hat als ein Mensch, dass fünfzig Prozent aller Männer auf Korfu Spiro heißen.

Sam!, sagt er heute. Erinnerst du dich an Sam Weidenkamp?

Wer nicht, denke ich.

Wir waren zusammen in Kunst und ich habe nie verstanden, was Sam dort eigentlich wollte. Irgendwas wollte er dort, sonst hätte er Kunst längst abgewählt. Oder geschwänzt. Jedenfalls hat er nie einen Pinsel in die Hand genommen. Er saß einfach nur da und sah uns beim Zeichnen zu.

Kunst braucht deine ganze Seele!, deklarierte die Gabaroni ständig. Sie war die Idealbesetzung, das Klischee einer Kunstlehrerin: wirre Lockenmähne, bunte Flatterkleider, klirrende, glitzernde Armreifen, immerzu hatte sie etwas vergessen und mindestens dreimal im Monat kam sie zu spät. Deine ganze Seele!, sagte sie und alle waren sich einig, das müsse dann wohl der Grund sein, warum Sam nie zum Pinsel gegriffen habe. Der Weidenkamp hat keine Seele. Das hat natürlich niemand laut gesagt, am Ende hätte es Sam mitbekommen und da hatte keiner Bock drauf. Auch wenn es Sam einen Scheiß interessierte, was irgendwer über ihn geredet hat. Normalerweise. Manchmal, da interessierte es ihn aber doch und wo die Grenze zwischen dem einen und dem anderen verlief, das wusste keiner; dass man die Grenze besser nicht überschreiten sollte, das wussten alle.

Die Gabaroni durfte ebenfalls nicht hören, dass man über Sam oder irgendjemanden redete, die interessierte das nämlich sehr und dann hatte man plötzlich ein Essay an der Backe, über Regeln der Kommunikation, Selbst- und Fremdbild, Empathie versus Gewalt oder was immer ihr gerade einfiel.

Ihr fiel immer etwas ein.

Wenn sie wüsste, dass ich ausgerechnet BWL studiere, sie würde mich mit ihrem Leidensblick ansehen, mir etwas von meinem Talent erzählen und mir eine Liste von Stipendien und Wettbewerben in die Hand drücken, die genau auf mich zugeschnitten wären, ohne die würde sie mich nicht gehen lassen.

Ina!, ruft der Basti, hörst du mir überhaupt zu?

Nein, sage ich und er seufzt.

Sam, sagt er. Sam Weidenkamp. Er hat jemanden umgebracht!

Wen denn?, frage ich.

Hä?, Basti starrt mich an. Das war nicht die Reaktion, die er erwartet hat.

Wen hat er umgebracht?, wiederhole ich.

Was weiß ich, sagt Basti. Sissi, nein, Lissi, Lissi Dings.

Die kleine Schwester vom Wegener? Dem Lichtblitz-Wegener, der auf die Straßenbahn gesprungen ist?

Bestimmt war es sein Bruder, sage ich.

Und Basti schon wieder: Hä? Der Wegener hatte einen Bruder?

Der Bruder von Sam, sage ich. Rafael.

Wenn einer der beiden keine Seele hat, dann ja wohl er. Aber Rafael, den hatte nie einer auf dem Schirm. Weil es Sam ist, vor dem man sich in Acht nehmen muss. Denkt man. Aber Rafael steht daneben und tritt auf die Hand, mit der du dich am Abgrund festhältst. Ups.

Woher weißt du das überhaupt?, frage ich und er erzählt mir irgendwas von einem Typen, der eine Stufe unter uns war und mit dem sich Basti manchmal zum Kicken trifft.

Und woher will der das wissen?, frage ich.

Mensch, Ina. Basti stöhnt und holt sein Handy raus.

Da, sagt er wenig später und hält es mir unter die Nase. Lies selbst.

Ich lese. Tierarzthelferin Elisabeth W. aus München, brutal ermordet, unzählige Messerstiche, und so weiter und so fort.

Messer.

Linolschnitte.

Wie die Augen der Gabaroni aufgeleuchtet haben, als Sam zu den Messern ging, ein jedes in die Hand genommen und es ganz genau betrachtet hat. *Wie* Sam die Messer angesehen hat. Das hat die Gabaroni nicht gesehen. Aber ich. Und natürlich hat er nicht eine Linolplatte damit angerührt.

Ich lese weiter. Da steht nichts von Sam, sage ich.

Ach komm, Ina, sagt Basti und greift nach dem Handy. Scrollt und liest mir vor: Wenige Tage vor ihrem Tod wurde die Tote in Moosbruck in Begleitung zweier Männer gesehen. Einer davon, Samuel W., habe genau wie die Tote das Theodor-Heuss-Gymnasium in München besucht, im Gegensatz zu ihr allerdings ohne Abschluss.

Basti sieht auf.

Ja und?, frage ich.

Ach komm, Ina, sagt er wieder. Wenn das nicht Sam war, wer soll das sonst gewesen sein. Abwartend sieht er mich an, fragt dann: Stehst du etwa auch auf ihn?

Auf ihn stehen?, frage ich. Die hatten doch alle nur Angst vor ihm.

Aber du natürlich nicht, sagt Basti und verdreht die Augen.

Ich antworte nicht, denke daran, wie die Gabaroni Teamarbeit angekündigt hat, Zweierteams, ich habe mich zu Sam gesetzt, vielleicht aus Neugier, vielleicht auch nur, damit Vanessa blöd glotzt.

Vanessa, die immer niedliche Bilder von ihrem Pferd malte. Interessant, sagte die Gabaroni dazu. Das sagte sie nur dann, wenn ihr partout nichts Positives einfallen wollte.

Jedenfalls, Sam und ich, ein Zweierteam. Er sieht mich an, die Gabaroni sieht uns alle an und sagt, wir sollen ein Portrait machen, vom anderen, und ich weiß, das kriege ich nicht hin. Er ja sowieso nicht.

Am Ende male ich ein Bild von mir. Weil er neben mir sitzt und mich ansieht, ohne ein Wort zu sagen. Weil er alles sieht, auch die dunkle Seite. Vor allem die.

Mein letztes richtiges Bild war das.

Jetzt sehe ich Basti an, Basti, dem nie etwas Schlimmeres zugestoßen ist, als dass ihm eine Frau, die er nicht will, eine Abfuhr erteilt und auf einmal ist mir danach, heute Abend tatsächlich mit ihm nach Hause zu gehen.

Aber das werde ich ihm nicht sagen.

Karolina

Ich spüre ihn, noch bevor ich ihn sehe. Bevor ich ihn höre. Obwohl. Man hört ihn nicht, hört allemal die Stille, die ihn immerzu umgibt.

Mutig, sagt er. An Halloween an den See, ganz allein. Was, wenn dich die bösen Geister holen?

Als müsse man vor bösen Geistern Angst haben, wenn er in der Nähe ist.

Emmi meint, die Geister seien sowieso immer da, sage ich. Vor allem hier am See.

Emmi, sagt er. Wer ist Emmi eigentlich.

Meine Tochter.

Nein, sagt er, ich meine –

Ich weiß, was er meint.

Wir sehen auf den See hinaus.

Emmi sagt, du hast sie nicht umgebracht.

Er sieht mich an. Und du?, fragt er. Was sagst du?

Ich will dich malen, sage ich.

Tust du das nicht längst?

Es fängt an zu regnen. Ganz plötzlich prasseln dicke Tropfen auf uns herunter. Es dauert keine fünf Minuten, dann hört es auch schon wieder auf. Ich würde denken, ich hätte es mir nur eingebildet, aber wir sind klatschnass, alle beide. Er lächelt und zieht sich aus, schon wieder. Sieht mich an, wartet.

Wie kann es sein, dass seine Augen mit jedem Mal dunkler werden?, frage ich mich.

Nein, sage ich.

Aber bald, denkt er.

Ich sehe ihm nach, wie er ins Wasser geht. Als er untertaucht, kommt der Regen zurück und hört nicht mehr auf. Ich falle aus meiner Starre, als in der Ferne Donner grollt, und mache mich auf den Weg nach Hause.

Dort greife ich nach der Tasche mit den Sachen, die mir Mama vom Kunstbedarf mitgebracht hat. Ich brauche das Zeug nicht, habe ich gesagt und sie nur: Ja, ja.

Jetzt greife ich doch nach den Kohlestiften und dem Zeichenblock. Dann male ich. Bis in die Nacht hinein, aber am Ende habe ich nur eine Regenarmee, die über den See heranmarschiert. Wenn Sam mit auf dem Bild ist, muss er unter Wasser sein.

Hinsehen musst du, hat Leyla gesagt. Du musst es sehen wollen. Alles.

Aber ich will nicht.

Noch nicht.

Georg Obergfäller, Jäger, Chiemsee-Region

Was ist das für ein Junge?, habe ich den Ludwig nach meinem Vortrag übers Waffenrecht gefragt. Er wusste sofort, wen ich meine. Und auch, was ich eigentlich wissen wollte.

Er hat mir seinen Ausweis gezeigt, hat der Ludwig gesagt. Fünfzehn ist er.

Im Leben nicht, habe ich gedacht.

Ich habe mir eine Kopie gemacht, hat der Ludwig gesagt. Die hat er mir dann gezeigt, Ravi Staudtner, 1993 geboren, stand da.

Im Leben nicht, habe ich gesagt.

Hast du ihn schießen sehen?, hat der Ludwig gefragt. Alles trifft der. Dem bringen wir nichts mehr bei. Und der Erwin hat gesagt, eine Sau zerwirkt er so schnell wie der Karl.

Der Karl ist Metzger.

Den Jungen nehme ich zu mir, habe ich später gesagt.

Wir saßen keine Viertelstunde auf dem Ansitz, da habe ich gewusst, was der Ludwig gemeint hat. Der Junge konnte nicht nur schießen, der hatte die Jagd im Blut. Auch wenn erst einmal gar nichts passiert ist. Oder vielleicht gerade deshalb. Ganz still ist er gesessen, hat sich nicht ein Mal bewegt. Es kam mir so vor, als hätte er das Atmen auch eingestellt.

Wir sind bestimmt drei Stunden gesessen und als ich gerade gedacht habe, das wird heute nichts mehr, da hat er sich aufgerichtet, der Junge. Ich bin seinem Blick gefolgt, aber außer Bäumen ist da nichts gewesen. Was ist?, habe ich fragen wollen, da ist der kapitale Zwölfender aus dem Wald gekommen, der, von dem alle schon einmal erzählt haben. So einen willst du nach Hause tragen, wegen so einem gehst du in den Wald.

Aber ich habe nicht schießen können, nicht mit dem Jungen neben mir. Ihm hätte er gehört, aber das Gewehr habe ich ihm auch nicht geben wollen. Und so haben wir dem Zwölfender dabei zugesehen, wie er die jungen Buchenblätter gefressen hat. Heilandsakra, habe ich gedacht.

Woher hast du das gewusst?, habe ich ihn später gefragt, doch er hat nur mit den Schultern gezuckt.

Das habe ich dem Ludwig erzählt und der Teubner hat sich dazugesetzt, der wollte den Ausweis dann auch sehen. Das sei doch der Junge vom Weidenkamp, hat er gesagt.

Ach was, hat der Ludwig entgegnet, Staudtner heißt er, da steht es doch. Der Enkel vom Weidenkamp, der ist doch nicht älter als zehn!

Zwölf, hat der Teubner gesagt und noch einmal die Ausweiskopie zu sich herangezogen. Zwölf und das ist er.

Der Weidenkamp, habe ich gedacht.

Dann wundert mich nichts mehr, habe ich gesagt. Über den Jungen vom Weidenkamp und den alten Weidenkamp selbst habe ich schon mehr Geschichten gehört als über den Zwölfender. Besser, man hält sich von denen fern.

Wir haben uns angesehen, der Ludwig, der Teubner und ich. Und jetzt?, haben wir gedacht. Was machen wir jetzt?

Christa, hat der Ludwig gerufen. Bring uns drei Obstler.

Gar nichts haben wir gemacht. Es war gar nicht nötig, etwas zu unternehmen. Als hätte er es gewusst, der Junge. Er ist jedenfalls nicht wieder aufgetaucht, genauso wenig wie der Zwölfender.

Gärtner

Gärtner sitzt im Auto und fährt nach Moosbruck, allein. Weil i so bled bin, singt einer im Radio und Gärtner denkt: Ja, genau.

Er lässt das Auto am Waldparkplatz stehen und geht noch einmal zum Tatort. Die Absperrbänder sind weg, das Gras noch immer ein bisschen niedergetrampelt, aber spätestens nach dem nächsten Regen wird nichts mehr zu sehen sein. Gras richtet sich schnell wieder auf.

Er verharrt einen Moment, geht dann weiter durch den Wald, zum See. Niemand da. Also weiter, die Wiese hinauf, zum Hof.

Sam ist im Schuppen und hackt Holz.

Sam, denkt Gärtner und fragt sich, wie aus Samuel Weidenkamp so schnell Sam geworden ist.

Gärtner bleibt an der Tür stehen und sieht ihm eine Weile zu. Jeder Hieb ein Treffer, mit jedem Hieb krachen Scheite auseinander. Als Sam das Beil aus der Hand legt und sich nach dem gespaltenen Holz bückt, sagt Gärtner Hallo.

Sam dreht sich um. Sein Blick ist eine Axt und Gärtner das Stück Holz.

Worüber haben Sie mit ihr geredet?, fragt Gärtner.

Sam sieht ihn nur an.

Was wollte sie von Ihnen?

Sam zuckt mit den Schultern. Hallo sagen?

Aber sicher doch, denkt Gärtner. Fragt: Was ist mit ihrem Bruder?

Rafael? Was hat der damit zu tun?

Ich meine den Bruder der Toten.

Der ist tot.

Und was hast du damit zu tun, fragt sich Gärtner. Ihm ist kalt und das trotz der dicken Winterjacke. Sam trägt nur ein T-Shirt.

Laut Zeugenaussage wurde kurz zuvor noch jemand an der Brücke gesehen, sagt er. Die Brücke, von der Jan Wegener auf die Straßenbahn gesprungen ist. Ein Junge mit dunklen Haaren, sagen die Zeugen, ein T-Shirt hätte er angehabt, dabei war es ein kalter, windiger Tag.

Sam sieht ihn nur an. Seine Augen tiefschwarz.

Was willst du hier?, fragt er und Gärtner fragt sich das auch.

Ein Jagdmesser, sagt Gärtner. Sie wurde mit einem Jagdmesser umgebracht. Vielleicht fünfzehn, zwanzig Zentimeter lang, schmale Klinge.

Sams Augen werden noch dunkler.

Sieh an, denkt Gärtner. Mit Jagdmessern kennt er sich aus.

Karolina

Ich stehe am Fenster und warte. Er kommt die Straße herunter und biegt in unsere Einfahrt ein, als wäre er hier zu Hause. Gegenüber schlägt Helene Radberger die Haustür hinter sich zu.

Kann ich dein Auto haben?, fragt er.

Guten Tag, denke ich. Wie geht es dir? Mir nicht so und was willst du überhaupt mit meinem Auto?

Aber ich sage nichts, gebe ihm nur den Schlüssel.

Bringst du es auch wieder zurück?, frage ich.

Er antwortet nicht, hat sich längst umgedreht und geht zum Auto. Ich sehe ihm nach und stehe noch an der Tür, als das Auto schon längst außer Sichtweite ist. Drüben geht die Tür wieder auf, Helene kommt mit dem Wäschekorb heraus und sieht mich an. Ich winke.

Sie nicht.

Du denkst, du findest den Weg nicht mehr. So lange warst du nicht mehr dort, nie wolltest du zurückkommen. Aber jetzt bist du hier. Ohne Probleme hast du den Weg gefunden, mit einer Leichtigkeit, die sofort verfliegt, als sich der Wald hinter dir schließt. Du bist drin, aber wirst du auch wieder herauskommen?

Jedes Mal hast du dich das gefragt, jedes verdammte Mal und jedes verdammte Mal bist du wieder herausgekommen.

Dennoch.

Vielleicht hast du alles nur geträumt, denkst du. Vielleicht ist alles ganz anders als du es erinnerst, heller, lebendiger.

Ja klar.

Die Dunkelheit des Waldes nimmt dir den Atem, nimmt dir die Luft und als du zur Hütte kommst –

Dieser Geruch. Nach schwarzer, modriger Stille. Stille, die nur von tropfendem Wasser unterbrochen wird: der Brunnen, es gibt ihn noch, du hörst ihn.

Und der Wald, er lächelt dich an. Da bist du ja, sagt er. Ich habe dich nicht vergessen.

Als könne man das, denkst du. Als könne man je etwas vergessen.

Du steigst aus dem Auto. Sofort greift der schwarze Morast nach deinen Schuhen. Und du hörst ihn lachen, den Alten.

Dann öffnest du die Tür zur Hütte. Auch hier schlägt dir als erstes der Geruch entgegen, du erkennst ihn sofort wieder. Modrig, blutig, verwest.

Der tote Wolf sieht dich an, der ausgestopfte Wolf mit dem borstigen Fell und den Bernsteinaugen. Dein einziger Gefährte, nachdem du den Hund begraben hattest. Leidensgefährte.

Was willst du denn noch hier?, fragt er. Ich komme hier nicht weg, aber du?

Ich muss etwas wissen, sagst du und schon wieder hörst du den Alten lachen. Als ob. Eine Ausrede, mehr nicht. Aus diesem Grund bist du nicht hier.

Aber warum dann?

Du öffnest die Tür zur Stube. Dort ist es noch dunkler, die Fensterläden sind wie immer geschlossen. Es würde ohnehin nicht viel ändern, stünden sie offen. Man könnte eine ganze Wand, man könnte alle Wände herausreißen, es würde kein Licht hereinkommen.

Du brauchst kein Licht, du weißt auch so, wo alles ist. Wo alles sein müsste. Du gehst zur Wand, der Wand mit den Messern.

Sautöter, Nicker, Hirschfänger, Skinner, Zerwirkmesser, Ringelmesser, ein Beil.

Was man halt so braucht, zum Töten.

Na los, Junge, hörst du seine Stimme und er hält dir das Messer hin, sein Lieblingsmesser. Nimm es, sagt er und du nimmst es, das Jagdmesser mit der abgewetzten Klinge, fast nichts ist mehr von ihr übrig.

Auf was wartest du?, hörst du den Alten fragen.

Und du setzt an, es geht so leicht, mit jedem Mal geht es leichter, dafür bist du gemacht, sagt der Alte. Du willst es nicht glauben, aber warum tust du es dann, immer wieder aufs Neue, warum fällt es dir so leicht?

Noch einmal gehst du die Reihe durch: Sautöter, Nicker, Hirschfänger, Skinner, Zerwirkmesser, Ringelmesser, ein Beil, alles noch da. Fast alles. Das Lieblingsmesser mit der abgewetzten Klinge, es fehlt.

Du willst wieder hinausgehen, aber dein Blick verfängt sich im Rechteck auf dem Boden, der Falltür. Du bekommst keine Luft mehr, die Stille erdrückt dich, aber in der Stille – babumm, babumm, babumm, dein Herz, es schlägt noch immer. Hört es denn nie auf?

Dann hast du es doch wieder hinausgeschafft, sitzt im Auto und fährst aus dem Wald heraus. Das Auto, es riecht nach frischem Brot, nach ihr. Du hast sie hierhergebracht, in den toten Wald. Babumm, babumm macht dein Herz und der Alte lacht.

Auf dem Rückweg hältst du bei einem Ansitz an. Du lässt das Auto stehen und läufst die Wiese hoch in Richtung Wald. Gute zehn Meter ist er hoch, dieser Ansitz. *Jagdliche Einrichtung – Betreten verboten* steht auf dem Schild an der Leiter. Du greifst nach einer Sprosse und rüttelst daran. Auch das hast du gelernt, im Fallen hast du es gelernt. Du kletterst hoch, eine Stufe nach der anderen. Der Wind greift nach dir, wieder hörst du den Alten lachen.

Oben angekommen setzt du dich hin und bleibst sitzen, bis die Dunkelheit kommt.

Und mit der einsetzenden Dunkelheit kommen auch die Schweine. Sie laufen aufs Feld hinaus, eine Bache und vier Überläufer, den dritten von links, den hätte er sich ausgesucht, du weißt es. Das leise Klicken des Gewehrs beim Entsichern. Dann der Knall. Zack, tot. Mitten ins Leben.

Dir fällt der Schnösel von Anwalt ein. Zu ihm bist du als Erstes gegangen, damit er dir sagt, dass es vorbei ist.

Du hast es gewusst, es stand in dem Brief, den er dir geschickt hat. Johann Weidenkamp ist tot, stand in dem Brief und zwischen den Zeilen: Egal wo du bist, ich finde dich. Überall. Du entkommst mir nicht.

Er hat sich umgebracht, hat der Schnösel gesagt, mit seiner Flinte.

Ich hätte das tun sollen, hast du gedacht.

Er war topfit, hat der Anwalt hinzugefügt und sah aus, als rätsle er noch immer über die Gründe dieses Todes.

Geistig und körperlich voll auf der Höhe, hat er mit einem Kopfschütteln hinzugefügt.

Er hat Schluss gemacht, bevor ihm die Kontrolle entglitten ist, hast du gedacht. Und um mich zurückzuholen.

Nein, du entkommst mir nicht.

Wollen Sie denn gar nicht wissen, ob er Ihnen etwas vermacht hat?, hat der Anwalt gefragt.

Etwas vermacht.

Mehr als genug, hast du gesagt und bist gegangen.

Moment, hat er dir hinterhergerufen. Herr Weidenkamp, warten Sie!

Aber du hast nicht gewartet. Weil du es nicht hören wolltest. Finde deinen Platz, Krähenjunge, hatte der andere Alte gesagt. Kehre die Scherben zusammen und finde deinen Platz.

Vielleicht ist es dafür schon zu spät, denkst du und kletterst die Leiter des Ansitzes wieder hinunter.

Als du ins Auto steigst, umfängt dich sofort wieder der Duft nach frischem, warmem Brot. Vielleicht hast du allein deshalb ihr Auto genommen.

Karolina

Zwei Polizisten kommen. Einer, der bei meinem Anblick ein schmieriges Lächeln aufsetzt und es das ganze Gespräch über nicht mehr ablegt. Und ein anderer, der mich mit Augen wie ein Frühlingsregen ansieht, leicht und hell und warm.

Sie sitzen in meiner Küche, der Frühlingsregen sitzt, der andere läuft herum und fasst alles an, ich will ihm auf die Hände schlagen und denke an den Stein. Noch immer liegt er auf dem Fensterbrett, zum Glück interessiert sich der Schmierige nicht für Steine, nicht einmal annähernd; der Frühlingsregen hingegen ist meinem Blick gefolgt, vom Stein sieht er zu mir und hat jetzt eine Frage mehr auf seinem Zettel. Aber er stellt sie nicht, noch nicht.

Warum kommen Sie zu mir?, will ich wissen.

Routine, sagt der Schmierige, dann geht es los, Frage um Frage. Ob ich die Tote gekannt habe, ob ich ihn kenne, wie lange ich ihn kenne, was ich mit ihm zu tun habe, schlafen Sie mit ihm, das Lächeln des Schmierigen wird noch klebriger, als er diese Frage stellt.

Sie bleiben nicht lang, vielleicht eine halbe Stunde, aber die reicht aus, um mir das Gefühl zu geben, die Küche putzen zu müssen.

Auf dem Weg nach draußen treffen sie Emmi. Der Schmierige geht achtlos an ihr vorbei, doch der andere bleibt stehen. Dich kenne ich doch, sagt er.

Ah ja?, frage ich.

Wir haben uns draußen auf dem Lechnerhof schon mal gesehen, sagt er. Und an Emmi gewandt: Aber ich weiß gar nicht, wie du heißt.

Emmi, sage ich. Meine Tochter.

Was ist jetzt, Gärtner, kommst du?, ruft der Schmierige, der längst wieder an der Straße steht.

Ich sehe ihn an, diesen Gärtner und er gibt mir noch einmal die Hand, einen warmen, festen Händedruck hat er. Du kommst wieder, sagt Emmi und er: Sollte ich?

Du kommst wieder, wiederholt sie.

Er sieht mich an, ich zucke mit den Schultern und sehe ihm nach, als er davongeht.

Und natürlich kommt er wieder, keine Stunde später steht er erneut vor der Tür, allein dieses Mal. Er fragt nach meinem Auto. Sie haben Herrn Weidenkamp ihr Auto gegeben?, fragt er. Ja, sage ich und er will wissen, wohin er gefahren sei. Ich weiß es nicht, sage ich.

Dieser Stein auf ihrer Fensterbank, sagt er. Wir sehen uns an und schweigen, bis sein Kollege wieder am Gartentor steht.

Wie sieht es aus, Gärtner, fertig mit dem Picknick?, ruft er und grinst dreckig.

Gärtner drückt mir eine Visitenkarte in die Hand. Wenn Ihnen noch etwas einfällt, sagt er. Oder etwas ist.

Was soll denn sein?, denke ich. Was soll denn jetzt noch sein?

Rafael, Bruder

Er ist da. Der verlorene Enkel, der verschwundene Bruder, unser aller Liebling.

Ich wusste, er kommt zurück. Wenn der Alte tot ist, kommt er zurück, spätestens dann. Nur deshalb hat er sich umgebracht: damit er den Zeitpunkt bestimmen kann, an dem Sam zurückkommt.

Und deshalb wusste ich, wer oben in der Wohnung auf mich warten wird, habe es schon geahnt, als ich unten die Haustür geöffnet habe und ins Treppenhaus getreten bin. Es hat nach Schnee gerochen, nach Kälte und Winter. Draußen hatte es geschneit, ein früher, vergänglicher Herbstschnee, natürlich riecht es nach Schnee. Aber da war noch mehr.

Und oben ist die Wohnungstür nur angelehnt. Meine Wohnungstür ist nie angelehnt, ich verschließe meine Türen, schon immer.

Als würde das irgendetwas ändern. Jede Tür lässt sich öffnen.

Ich finde ihn im Wohnzimmer. Er ist gerade vor meiner Katze in die Hocke gegangen, hat seine Hand ausgestreckt und zack, rote Striemen auf dem Handrücken.

So ist es recht, Aseema, habe ich gedacht.

Pass auf den Teppich auf, habe ich gesagt. Blut wäscht sich so schlecht raus. Nicht wahr?

Und er dreht sich um und wir sehen uns an.

Du hättest auch einfach klingeln können, sage ich.

Hast du sie umgebracht?, fragt er.

Ich lächle, kann nicht anders. Deshalb bist du hier?, frage ich.

Er schweigt.

Nein, denke ich. Nicht nur.

Du hast ihr gesagt, wo sie mich findet, sagt er.

Als wüsste ich, wo man dich findet.

Und dann warst du in der Hütte.

Welche Hütte?, frage ich. Es gibt keine Hütte.

Der Alte, sagt er.

Der Alte ist tot.

Als ob, denken wir beide.

Er hat sich umgebracht, sage ich, mit seiner Flinte.

Wir sehen uns an. Warum hast du ihn nicht umgebracht?, denke ich. Wer, wenn nicht du, sein Fleisch und Blut. Das hätte ihm gefallen.

Ist das so?, sagt Sam und sieht mich an. Wie immer bin ich es, der den Blick nicht halten kann. Ich sehe zum Fenster hinaus. Es schneit noch immer.

Verbrennen hat er sich lassen, sage ich. Dass der Alte mal brennt, dass das überhaupt möglich ist, wer hätte das gedacht? Ich sehe Sam an. Jetzt ist nichts mehr von ihm übrig, nur ein Haufen Asche.

Und morgen kommt das Christkind, sagt er.

Und du?, frage ich. Schöne Zeit gehabt? Er sieht mich an und zack, sind wir zehn Jahre jünger und er kommt aus dem Wald. Sonntagsausflug mit dem Alten und immer ist ein Teil von Sam einfach verschwunden. Oder zum Vorschein gekommen. Wer weiß das schon.

Du hast das Messer aus der Hütte mitgenommen, sagt er.

Welches Messer?, frage ich.

Er sieht mich an und jetzt bin ich es, der lächelt. Ein Lächeln, das den Alten stolz gemacht hätte.

Da sitzt du, ein kleiner Junge zwischen alten Männern, Jägerstammtisch. Der Alte sitzt dir gegenüber und lächelt dich an.

Ein Angstbeißer sei das, sagt der Teubner. Da helfe kein Training, das sei eine Wesensfrage. Das hätte der Erhard gleich erkennen müssen, schon ganz früh könne man das erkennen. Wenn man wisse, worauf man achten muss.

Du siehst ihn an, den Alten. Dieses Lächeln.

Sie gehen die Checkliste durch: Unruhe, Nervosität, Hand- und Wildscheue. Schussscheue, ganz schlecht. Das willst du nicht, so einen Hund will keiner.

Nervenstärke, Ruhe, Furchtlosigkeit. Das willst du. Einen Champion, einen Gewinner.

Wie der Teckel vom Rudolf, sagt der Alwin. Der habe es einfach in sich. Aber das sei der einzige brauchbare Hund in diesem Wurf gewesen. Die anderen drei? Zu nichts zu gebrauchen.

Der Alte prostet dir zu und du willst kotzen, mitten auf den Tisch.

Aber du tust es nicht, natürlich nicht. Nervenstärke, Ruhe, Furchtlosigkeit.

Es sei nicht immer nur eine Wesensfrage, sagt der Alte. Es komme auch auf die Ausbildung an. Und er lächelt dir zu und sie nicken, alle miteinander, ja, natürlich, die Ausbildung, da könne man viel falsch machen. Geduld brauche man, viel Geduld, Wissen und Feingefühl.

Feingefühl, ja klar.

Später reden sie über Waidgerechtigkeit, darüber, was man als Jäger tut und was nicht. Nur dann schießen, wenn man sicher trifft.

Dem Tier keinen unnötigen Schmerz zufügen. Unbedingt nachsuchen, wenn man glaubt, getroffen zu haben, aber dort, wo man das tote Tier vermutet, nichts weiter findet als Lungenschweiß (immerhin das). Niemals eine Muttersau schießen. Immer die Moral, die Jägerehre hochhalten.

Arschlöcher, das sind immer nur die anderen. Da glauben sie dran, ganz fest glauben sie daran.

Noch immer lächelt er dich an, der Alte.

Gärtner

Wir sitzen mit dem Verdächtigen im Vernehmungsraum. Das ging schnell. Berthold war es, der ihn vernommen und direkt mitgebracht hat. Wir haben unseren Mörder, hat er gesagt. Wie ihm das gefällt, unserem Berthold. Stolz wie ein kleiner Junge läuft er durch die Flure.

Ich glaube noch nicht an diesen Verdächtigen, daher sitze ich ihm jetzt selbst gegenüber. Zappelig ist er, scheint es kaum erwarten zu können, alles noch einmal zu erzählen. Noch ein kleiner Junge, einer, der etwas angestellt hat und es ganz dringend loswerden will.

Ich habe sie umgebracht, sagt er. Weil ich es nicht mehr ausgehalten habe. Ausgelacht und benutzt hat sie mich! Erzählt mir was von einem Ausflug aufs Land, ausgerechnet Lissi. Glauben Sie bloß nicht, dass sie was für die Natur übriggehabt hat, nur weil sie Tierarzthelferin war. Für diesen Typen hatte sie was übrig, nur wegen ihm wollte sie dahin. Und ich Depp habe sie auch noch gefahren. Aber irgendwann ist das Maß voll.

Ich habe gewusst, dass sie danach noch einmal hingehen würde. Obwohl sie gesagt hat, nein, niemals ginge sie da noch mal hin. Aber dann war sie eben doch da. Und ich hinter ihr her ins Haus hinein, diesen verlotterten Hof. Was machst du denn hier?, hat sie gefragt. Und du?, habe ich gefragt. Du spinnst ja, hat sie gesagt und dann ist sie wieder raus, er war ja ohnehin nicht da, ihr Typ, der, wegen dem sie gekommen ist. Aber ein Messer war da, es lag auf dem Tisch, als hätte es nur auf mich gewartet.

Und da hast du es genommen, denkt Gärtner.

Und da habe ich es genommen, sagt der vermeintliche Täter.

Zufrieden?, fragt Berthold später.

Nein, Gärtner ist nicht zufrieden. Darum geht er noch einmal zu Björn von der Spurensicherung. Ziemlich wasserdicht, sagt der und dass alles zusammenpasse.

Warum?, fragt er. Hast du Bedenken?

Gärtner zuckt mit den Schultern und liest sich noch einmal alle Protokolle durch. Befragt den Tierarzt, Doktor van den Berk. Der ist völlig durch den Wind. Eine Mitarbeiterin tot, der andere ein Mörder. Dabei waren sie doch völlig normal!, sagt er. Alle beide, ganz normale Menschen! Ja, der Herr Müller, der sei vielleicht ein bisschen anhänglich gewesen, wollte immer mit Frau Wegener eingeteilt werden. Aber so etwas? Dem Doktor fällt nichts mehr ein. So etwas?, wiederholt er.

Und Ihnen ist nichts aufgefallen in letzter Zeit?, fragt Gärtner. Dass die beiden irgendwie anders waren?

Nein, sagt der Doktor. Und dann: Warten Sie, vielleicht doch.

Ja?, fragt Gärtner.

Doktor van den Berk überlegt. Als Frau Wiesmeier hier war, sagt er, mit ihrem Zwergspitz.

Ja?, fragt Gärtner erneut.

Nachher sei die Lissi, also die Frau Wegener irgendwie komisch gewesen, nicht mehr so konzentriert, er habe sie dann sogar früher nach Hause geschickt.

Ob er wohl die Adresse dieser Frau Wiesmeier haben könne, fragt Gärtner.

Die Lissi?, fragt Vanessa Wiesmeier mit weit aufgerissenen Augen. Die Lissi wurde umgebracht?

Gärtner nickt. Es tut mir leid, sagt er.

Aber, sagt Frau Wiesmeier und setzt sich. Das ist jetzt, das gibt es doch nicht, Entschuldigung, entschuldigen Sie.

Sie stürzt davon, Gärtner hört eine Tür zuschlagen, hört jemanden würgen.

Entschuldigen Sie, sagt sie, als sie zurückkommt, sich über den Mund wischt.

Haben Sie vor etwas Angst?, fragt Gärtner.

Sie starrt ihn an.

Ich?, fragt sie. Nein, ich –

Sie bricht ab.

Gärtner wartet.

War es Sam?, fragt sie schließlich.

Ach, denkt Gärtner. Samuel Weidenkamp?, fragt er.

Sie nickt. Wir waren zusammen auf der Schule, sagt sie.

Und?, denkt Gärtner.

Sie wendet den Blick ab. Ich weiß auch nicht, sagt sie schließlich, sieht ihn wieder an. War er es?

Es gibt ein Geständnis, sagt Gärtner. Von Herrn Müller, dem Kollegen von Frau Wegener.

Müller, wiederholt Frau Wiesmeier. Den kenne ich nicht. Wenn ich da war, war immer nur Lissi da.

Aber Tina kennt ihn. Tina ist Elisabeth Wegeners beste Freundin. Na ja, sagt sie, wenn man das so nennen kann, Lissi war nicht so der Freundinnentyp.

Sondern?, fragt Gärtner.

Na ja, wiederholt Tina. Lissi hat vor allem jemanden gebraucht, den sie anhimmeln kann.

Und wer war das?, fragt Gärtner und glaubt, die Antwort zu kennen.

Ihr Bruder war genauso, sagt Tina und schüttelt den Kopf. Der hat auch ein Idol gebraucht.

Und wer?, will Gärtner noch einmal fragen.

Sam, kommt ihm Tina zuvor. Samuel Weidenkamp.

Natürlich, denkt Gärtner. Hat sie Ihnen erzählt, worüber Sie mit ihm geredet hat?, fragt er.

Sie sieht ihn verwundert an. Lissi mit Sam? Warum wollen Sie das wissen, das ist doch schon Jahre her?

So viel zur besten Freundin, denkt Gärtner.

Moment mal, sagt sie und überlegt. Sagen Sie nicht –, sie bricht ab, sieht ihn an. Das ist jetzt nicht wahr, oder? Er ist wieder da?

Er war weg?, fragt Gärtner.

Oh Mist, verdammter, sagt sie und braucht einen Moment. Deshalb hat sie sich in letzter Zeit nicht mehr gemeldet.

Tina sieht Gärtner an. Sam war nach dem Tod von Lissis Bruder komplett von der Bildfläche verschwunden. Sei froh, dass er weg ist, habe ich zu Lissi gesagt. Sie schüttelt den Kopf. Er ist wirklich wieder da?

Er ist wirklich wieder da, bestätigt Gärtner.

Und hat sie umgebracht, sagt Tina leise.

Herr Müller hat gestanden, erinnert Gärtner.

Der Daniel. Sie überlegt. Ganz geheuer war er mir nicht, er hatte was von einem Stalker, aber dass er –, nee, das hätte ich ihm nicht zugetraut.

Samuel Weidenkamp aber schon?, fragt Gärtner.

Sie sieht ihn an. Kennen Sie ihn?, fragt sie.

Gärtner nickt.

Na dann, sagt sie.

Na dann, denkt Gärtner.

Du glaubst nicht daran, sagt Marlene, als Gärtner ins Büro zurückkommt und berichtet. An dieses Geständnis.

Gärtner zuckt mit den Schultern.

Ich habe die Berichte gelesen, sagt sie. Wo ist das Problem?

Das Problem, wiederholt Gärtner und sieht jemanden mit sehr, sehr dunklen Augen vor sich.

Was ist da draußen passiert?, fragt sie. Berthold sagt –, sie bricht ab.

Seit wann interessiert dich, was Berthold sagt?, fragt Gärtner.

Interessiert mich nicht, sagt sie. Aber ich sehe doch –, sie zögert. Ich sehe dich, Robin.

Und?

Sie sieht ihn an. Wehe, du fährst allein da raus.

Der Fall ist gelöst, sagt Gärtner. Warum sollte ich noch mal rausfahren?

Natürlich fährt er noch mal raus. Als er vor dem Hof hält, ist es längst dunkel und auch im Haus brennt kein Licht. Aber er ist da, Sam ist da. Gärtner tritt in die Stube und schaltet das Licht an, wundert sich einen Moment lang darüber, dass es tatsächlich funktioniert. Wer bezahlt hier eigentlich den Strom?, fragt er sich. Dann zieht er die Tatortfotos aus der Tasche, die Fotos der Leiche. Das sollte ich nicht tun, denkt er, als er sie vor Sam auf den Tisch legt.

Der betrachtet sie, ohne eine Regung zu zeigen.

Ein Stümper, sagt er schließlich.

Bitte? Gärtner starrt ihn an.

Da hat jemand nicht gewusst, was er tut, sagt Sam. So bringt man doch niemanden um.

Wie dann?, will Gärtner fragen.

Einen sauberen Schnitt, sagt Sam und sieht Gärtner in die Augen. Mit einem scharfen Messer.

Scheiße, denkt Gärtner. Was mache ich eigentlich hier?

Sam lächelt.

Gärtner steht auf. Er braucht Luft, er braucht Bewegung, aber vor allem muss er hier weg.

Und er läuft und läuft, hat keinen Blick für seine Umgebung. Ich werde mich verlaufen, denkt er, aber schließlich landet er doch wieder im Dorf. Als er am Friedhof vorbeikommt, schließt Hilde Kehringer gerade das Tor hinter sich. Sie war es, die Sam zusammen mit der Toten gesehen hatte.

Was machen Sie denn noch hier?, fragt sie. Ich dachte, Sie hätten ihren Mörder?

Es sieht ganz danach aus, sagt er. Wir müssen nur noch ein paar lose Enden zusammenführen.

Sie glaubt ihm kein Wort. Er glaubt sich ja selbst kein Wort.

Wo ich Sie gerade treffe, sagt er und fragt noch einmal nach dem Tag, als Hilde Kehringer Sam, die Tote und ihren mutmaßlichen Mörder miteinander hat reden sehen.

Ich weiß nicht, was er mit ihr geredet hat, sagt sie. Ich habe nur gesehen, dass sie beieinanderstanden. Das Mädchen hat geredet. Und der andere, der stand daneben und sah mir nicht so aus, als wolle er das Mädchen umbringen. Eher –

Sie bricht ab.

Eher?, fragt Gärtner.

Na, den Jungen. Aber den bringt keiner um, der lässt sich nicht so leicht umbringen.

Sie schüttelt den Kopf.

Ein Glück hat sich die Maria von ihm ferngehalten.

Maria?

Meine Enkelin. Das hätte noch gefehlt. Frau Kehringer bekreuzigt sich. Verdenken hätte ich es ihr nicht können. Man weiß, was passieren wird, aber es ist wie mit den Fliegen, am Ende zappeln sie doch im Leim, obwohl da schon zwanzig andere kleben. Wegbleiben musst du, weit weg. Der Karolina hätte ich auch mehr Verstand zugetraut. Gerade mit dem Kind, sie muss doch an das Kind denken. Aber die Emmi, die geht ja noch nicht mal in den

Kindergarten. Rennt ganz alleine draußen herum. Das geht nicht mehr lang und dann –

Dann?

Sie winkt ab. Zack, verreckst du im Leim.

Karolina

Ich sitze in der Stube und warte. Habe eine Tasse vor mir stehen, eine leere Tasse und eine flackernde Kerze. Beides findet sich auch auf meinem Zeichenblock wieder, mehrmals. Ich kann es noch, denke ich.

Er sagt nichts, als er in die Stube kommt, schon wieder nackt, nass, tropfend. Er sagt nichts, sieht mich nur an.

Ich werfe ihm eins von Edgars verschlissenen Handtüchern zu, sie liegen auf der Eckbank neben mir. Er fängt es auf und trocknet sich ab.

Dann legt er das Handtuch über den Stuhl und sieht mich an, mich und meine Zeichnung. Er lächelt und holt ein Messer aus der Schublade, legt es neben die Tasse. Jetzt sollte ich Angst haben, denke ich, aber Edgars Messer sind so stumpf, man kann allenfalls gekochte Kartoffeln damit schneiden. Außerdem habe ich keine Angst mehr. Gar nichts habe ich mehr.

Vielleicht ist er deshalb hier, denke ich. Damit ich wieder lerne, wie das ist, etwas zu fühlen. Und wenn es nur Angst ist.

Ich sehe das Messer an, ein Küchenmesser mit einem breiten Holzstiel und einer schmalen, schwarzfleckigen Klinge.

Ich greife zum Bleistift und lasse ihn wieder fallen. Sehe Sam an. Er ist noch immer nackt. Die Kerze flackert, lässt ihr Licht über seinen Körper wandern.

Ich stehe auf und gehe zu ihm. Seine Haut ist voller feiner Narben, wie ein Spinnennetz liegen sie über seinem Körper.

Willst du auch eine?, fragt er.

Wie bitte?

Er greift nach dem Messer und fährt mit der Klinge meinen Arm herunter, von der Schulter zum Ellbogen und weiter zum Handgelenk, das aus der Jacke hervorschaut, weiß und verletzlich. Dort stoppt das Messer, ich spüre das kalte Metall an meiner Haut. Er sieht mich an und ich ihn.

Deshalb halten sie sich von dir fern, sage ich.

Deshalb bist du hier, sagt er.

Nein, sage ich, aber ich reiße mich nicht los, gehe nicht davon, ich bleibe stehen und warte, mit dem Messer an meinem Handgelenk und er wartet und ich warte, und dann, endlich, komme ich zur Vernunft, ein klein wenig und ziehe meine Hand weg. Du spinnst ja, sage ich.

Er zieht sich die Messerklinge über den Unterarm. Stumpf, sagt er. Edgars stumpfe Messer.

Sie sagen, es gebe ein Geständnis, sage ich.

Er sieht mich an.

Ein Kollege der Toten. Der habe gestanden.

Und?, fragt er. Glauben sie auch daran?

Nein, denke ich. Das tun sie nicht.

Und du?, fragt er. Glaubst du daran?

Jan, Bruder von Lissi

Wie sollst du da mithalten? Gar nicht. Es geht nicht. Er kann alles, auf Anhieb, einfach so, mühelos. Eine Zeitlang war er im Schwimmteam. Sam und ein Team – es war ein Witz, aber er hatte Bock drauf und er war der Beste, natürlich war er das, aber dann hatte er keinen Bock mehr und der Heidlinger ist fast durchgedreht. Die Meisterschaften, Sam, du kannst doch jetzt nicht einfach aufhören, du kannst uns doch nicht im Stich lassen! Aber doch, das konnte er.

Statt im Schwimmbad ist er dann in der Isar geschwommen, mitten im Winter.

Und auf den zugefrorenen Seen herumgelaufen. Das Eis trägt nicht, habe ich gesagt, aber Sam bricht nicht ein, natürlich nicht, er geht übers Eis wie Jesus übers Wasser.

Und ich hinter ihm her. Wenn es bei ihm klappt, dann ja wohl auch bei mir, denke ich, aber keine drei Schritte und krack! stehe ich bis zu den Schienbeinen im Wasser. Eiskalt war das. Du musst wissen, wo du hintrittst, sagt er. Du mich auch, habe ich gedacht, aber dann bin ich ihm doch wieder gefolgt. Auf den Hochspannungsmast, mit einem Gewitter im Anmarsch, völlig irre. Warum mache ich das?, habe ich mich beim Hochklettern gefragt, aber ich mache es und der Blitz wird ganz bestimmt nicht in den Mast einschlagen, auf dem Sam gerade herumklettert. Und so ist es auch gewesen, unverwundbar ist er und ich mit ihm, aber dann lässt er sich fallen, aus drei Metern Höhe, zumindest kommt es mir so vor. Ich klettere hinunter, schneller jetzt, der nächste Blitz ist schon da, ich lasse mich ebenfalls fallen und natürlich knicke ich um. Laufe wochenlang mit Krücken herum und dieser blöde Scheißer, er fragt nicht ein Mal, wie es mir geht.

Da hätte ich es doch kapieren müssen, spätestens da, aber nein.

Bist du in ihn verknallt?, hat sie gefragt, meine kleine Schwester. Und ich dachte an den Tag, an dem ich ihn zum ersten Mal gesehen habe, mein erster Tag an der neuen Schule. Mittagspause, Cafeteria, er steht vor mir in der Schlange und noch bevor die Sache mit Ravi passiert, weiß ich: Das ist er, der Coolste von allen.

Ravi, unser Schulhofgangster, mitsamt seinem Idiotengefolge. Ravi, der einen kleinen Jungen herumschubst. Magst du mit den großen Jungs spielen?, fragt er. Du magst doch große Jungs?

Ich sehe Sam vor mir und weiß, gleich passiert was. Nicht wegen dem Kleinen, der ist ihm scheißegal. Damit der Schulhofgangster weiß, wo sein Platz ist.

Er geht auf Ravi zu und alle, wirklich alle sehen ihn an. Merkt er gar nicht, interessiert ihn nicht. So war es immer. Wenn er den Schalter umklappt, dann passiert etwas, dann verändert sich die Luft. Alle Scheinwerfer auf Sam.

Stehst wohl auch auf Jungs, sagt er zu Ravi und dann hebt er die Hand. Was macht er denn?, frage ich mich, eine Ohrfeige in Zeitlupe oder was soll das werden? Es wird ein Kuss. Er zieht Ravis Kopf zu sich und küsst ihn voll auf den Mund.

Daran musste ich denken, als Lissi ihre Frage stellte, an diesen Kuss.

Später, viel später habe ich ihn gefragt, ob er schon mal mit einem Mann geschlafen hat. Und er hat mich angesehen, mit diesem ganz speziellen Sam-Blick, bei dem du automatisch die Arme hochreißen willst zur Abwehr. Aber es hilft ja nichts, du kommst nicht von ihm los, nicht weiter als die Motten vom Licht. Nur dass es in Sam kein Licht gibt, nicht die kleinste Spur davon.

Das nächste Mal hatte er Kondome dabei. Und wir haben es getan, er hat es getan. Wenn ich das Lissi erzähle, habe ich gedacht.

Aber ich habe gewusst, ich werde es ihr nicht erzählen, ich werde es niemandem erzählen.

Du fragst ihn, ob er mit einem Mann geschlafen hat und er fickt dich. So ist Sam.

Rafael, Bruder

Meine Wohnungstür ist offen, schon wieder. Sam, denke ich und gehe hinein.

Ich will ihn warten lassen, aber was nützt es? Wenn einer warten kann, dann er. Mein Bruder, mein Zwilling.

Zum Verwechseln ähnlich, niemand sagt das über uns, nie hatte irgendeiner ein Problem damit, uns auseinander zu halten, noch nicht einmal, als wir Babys waren. Der hat aber dunkle Augen, sagen sie und sehen ihn an, immer nur ihn. Mich sieht keiner, schon immer war ich nur der Bruder von. Der Sohn von.

Der Enkel war ich nie, in unserer Familie gibt es nur einen Enkel.

Familie, als seien wir eine Familie.

Als ich ins Wohnzimmer komme, sitzt er auf dem Sofa, mit meiner Katze auf dem Schoß. Verräterin.

Die Nacht im Zoo fällt mir ein. Ich bin ihm gefolgt, wieder einmal. Und er steigt in den Zoo ein, findet auf Anhieb eine Stelle, an der das geht, an der man hineinkommt, sogar ich. Gleich wird er ins Tigergehege klettern, habe ich gedacht. Den Tiger hinter den Ohren kraulen.

Aber nein, er bleibt bei den Wölfen stehen, stundenlang sieht er ihnen zu, wie sie ohne Unterlass den Zaun entlang paradieren.

Einen Moment lang habe ich gedacht, er lässt sie frei. Aber warum sollte er, warum sollte es irgendeinem besser gehen als uns?

Ich kann dir auch einfach einen Schlüssel geben, sage ich.

Ich habe die Tatortfotos gesehen, sagt er.

Dir auch einen schönen Tag, erwidere ich.

Er sieht mich an. Als hätte es je schöne Tage gegeben.

Sie haben den Mörder doch längst, sage ich. Ein Arbeitskollege von ihr, er hat gestanden.

Ziemliche Schweinerei, sagt Sam. Da wusste einer nicht, wie es geht.

Wie was geht?

Töten, sagt er.

Aber du, denke ich, du weißt es.

Hast du ihn gesehen?, fragt er und ich weiß, er meint den Alten. Den toten Alten. Noch so eine Schweinerei.

Er ist tot, Sam, sage ich. Hat sich das Hirn weggeschossen.

Sam sieht mich an. Hat er das?, fragt er.

Er ist tot, wiederhole ich und glaube so wenig daran wie er.

Karolina

Ich schlafe schlecht. Schon viel zu lange schlafe ich schlecht und jetzt, wo die Herbststürme um die Fenster pfeifen und an den Rollläden rütteln, schrecke ich noch öfter aus dem Schlaf auf.

Meine Träume wecken mich, aber bin ich einmal aufgewacht, kann ich mich nicht mehr an sie erinnern.

Als ich wieder einmal hellwach im Bett liege, stehe ich auf und gehe ans Fenster. Es ist kurz vor vier Uhr, um diese Uhrzeit ist niemand auf der Straße, nur Radbergers Katze und die Dunkelheit.

Ich denke an die Krähen in den Nussbäumen und frage mich, ob sie es sind, die in meine Träume hineinfliegen, sie aufscheuchen und durcheinanderwirbeln.

Mit einer Krähenfeder zeichnen, denke ich.

Der nächste Windstoß treibt mich hinaus; die Glocken schlagen vier Uhr, als ich an der Kirche vorbeilaufe. Radbergers Katze ist hinter mir hergelaufen, an der Bäckerei bleibt sie stehen. Wo willst du denn hin?, scheint sie zu fragen.

Wohin, wohin, murmle ich.

Ich lasse das Dorf und die Felder hinter mir. Im Wald ist es dunkel und laut, lauter als am Tag, ein Rascheln hier, ein bellendes Husten da.

Am See dagegen ist es still wie immer. Niemand da. Über dem See leuchtet der Mond, im See sein Abbild. Jetzt hineintauchen, denke ich.

Und dann tue ich es, ich ziehe mich aus und gehe ins Wasser. So kalt ist es gar nicht.

Der See berührt mich, greift nach mir. Ich tauche unter, da unten ist es noch dunkler. Und so still.

Als mir die Luft ausgeht, tauche ich wieder auf; schwimme weiter und weiter hinaus, ganz leicht und mühelos erscheint es mir, dieses Hinausschwimmen. Oder ist es ein Hinein?

Später lasse ich mich auf dem Rücken treiben, aber dann wird mir doch kalt, ganz plötzlich und durch und durch, ich schwimme zurück ans Ufer, das rettende; schwimme und schwimme, aber es ist, als weiche das Ufer immer weiter zurück, als wolle der See mich nicht mehr herausgeben.

Steht da jemand an der Weide?, frage ich mich. Höre ich da nicht ein Lachen, seines und seine Stimme, Angst vorm Wasser, aber dann habe ich doch wieder Grund unter den Füßen, endlich.

Auf schwarzen Steinen finde ich meinen Weg hinaus. Es ist niemand da.

Ich ziehe meine Sachen an und gehe nach Hause. Mit jedem Schritt setzt er sich in mir fest, dieser See und seine Dunkelheit. Jetzt werde ich ihn nie mehr los, denke ich. Jetzt bleibt er mir für immer.

Es war einmal – der See

Am Abend sei es auf einmal finster geworden, sagen sie. Es war Winter, natürlich wurde es früh dunkel, aber doch nicht so früh und auch nicht so dunkel.

Still sei es gewesen, kein Rauschen in den Bäumen, auch Vögel, Katzen und Hunde seien verstummt, nicht ein Laut sei mehr zu hören gewesen. Nur eine Krähe meinte einer rufen zu hören.

Dann, mit einem gewaltigen Donnerschlag sei es losgegangen.

Schnee, Schnee und noch mehr Schnee, keine Viertelstunde und es hatte schon zwanzig Zentimeter heruntergeschneit. Alles war weiß.

Als hätte es nur auf diese Bühne gewartet, brach das Gewitter nun vollends los. Donner folgte auf Blitz, Blitz auf Donner, unaufhörlich, als wolle jemand das Dorf unter Beschuss nehmen.

Draußen im Wald seien die Blitze eingeschlagen, hätten sich tief in die Erde hineingebohrt.

Ein Feuer, es brennt!, habe einer gerufen und sie standen hinter ihren Fenstern und sahen zu, wie die Blitze eine Öffnung in den Wald hineinbrannten.

Später sei der Schnee in Regen übergegangen; literweise Regen, der Blitze, Donner und das Feuer auslöschte.

Es war, als wolle der Regen auch das Dorf ertränken.

Es hat einfach nicht aufgehört, sagten sie. Schlafen konnten sie nicht.

Es regnete noch die ganze Nacht. Erst am nächsten Morgen, als längst keiner mehr daran glaubte, hörte es wieder auf. Als wäre nichts gewesen, kam die Sonne heraus. Vögel sangen, Katzen miauten, Hunde bellten, die Leute im Ort räumten Schlamm von der Straße und aus den Kellern. Alles hätte sein können wie immer, aber irgendwann ging der Erste zum Wald hinaus.

Eilig kam er zurückgerannt. Stellt euch vor!, rief er. Stellt euch vor, das Unwetter hat einen See erschaffen!

Ja, ja, sagten sie und dachten an eine größere Pfütze. Die wird schon wieder austrocknen.

Aber es war keine Pfütze und sie trocknete nicht aus. Der See blieb ein See, ein richtiger, tiefer See.

Also so etwas, sagten sie.

Als der erste kalte Winter kam und mit ihm der Frost, blieb der See noch immer ein See, aber einer, der nicht zufror, der keine schützende Eisdecke über sein Innerstes breitete.

Das kann nicht sein, sagten sie. Aber es war so.

Es ist wegen des Feuers, sagte einer. Das Feuer der Sturmnacht, es brenne noch immer auf dem Grund des Sees.

Ja, ja, sagten sie.

Sie gingen nicht gern hin.

Und wenn doch einer hinging und aufs Wasser hinaussah, so meinte er, einen hellen Schimmer darin zu erkennen, ein Leuchtfeuer.

Für die Toten, sagte einer. Damit sie auf die andere Seite hinüberfinden.

Sie wollten ihm nicht glauben, aber geheuer war ihnen das alles nicht. Fortan schlugen sie einen weiten Bogen um den See.

Geh nicht hin, sagten sie.

Aber dann kam einer, der tat es. Ging zum See, schwamm und tauchte und nichts passierte.

Das machte ihnen noch mehr Angst.

Es wird wieder ein Sturm kommen, sagte einer. Noch gewaltiger als der letzte.

Vielleicht war er da schon im Anmarsch.

Du sitzt auf der Bank vor dem Haus und etwas liegt in der Luft. Der Anflug eines Gewitters und der Geruch von Edgars Tabak.

Du schließt die Augen, siehst Edgar vor dir. Seine alten, faltigen Hände, wie sie die Pfeife stopfen. Das Aufflammen des Streichholzes.

Was wirst du tun, wenn sie kommt?, fragt er.

Mit ihr zum See gehen.

Er zieht an seiner Pfeife und nickt.

Drüben, von den Nussbäumen, rufen die Krähen.

Karolina

Es kommt ein Sturm, sagt Marianne. Sie sieht mich an und ich weiß, sie redet nicht nur übers Wetter.

Ich weiß, sage ich. Im Radio war von Unwettern die Rede und dass man möglichst zu Hause bleiben solle.

Zu Hause, denke ich.

Als ich nach Feierabend die Tür der Bäckerei hinter mir schließe, wartet draußen die Ruhe vor dem Sturm. Als hätte sich das ganze Dorf schlafen gelegt, kaum jemand ist noch unterwegs, alle sind längst zu Hause. Hunde liegen eingerollt in ihren Körbchen, Menschen haben Rollläden heruntergelassen, Autos in die Garagen gefahren und Kerzen bereitgelegt. Soll er doch kommen, der Sturm.

Aber noch ist er nicht da, noch liegt eine gespannte Stille über dem Ort. Als hielten alle den Atem an. Hinter dem Kirchturm hat sich ein Wolkengebirge aufgetürmt, vor mir weht ein Herbstblatt die Straße entlang, immer mit einer Fußlänge Vorsprung, braungelbes Blatt auf schwarzem Asphalt. Mir ist, als höre ich in der Ferne Krähen rufen.

Dann ein Windstoß, eine Böe. Bei Kehringers fällt die Mülltonne mit einem lauten Knall auf die Straße. Gehen Sie auf keinen Fall in den Wald, haben sie im Radio gesagt, aber genau dorthin gehe ich.

Vielleicht fällt ein Ast auf mich, denke ich. Schlägt mich bewusstlos und dann komme ich zur Besinnung.

Aber der Wald rührt mich nicht an und schon lasse ich ihn hinter mir, gehe die Anhöhe hinauf, ein kalter, harter Regen schlägt mir ins Gesicht, während der Wind an meinen Haaren zieht und mir entgegenbrüllt.

Geh nach Hause, brüllt er, heute gehört die Welt mir.

Es war einmal – Sturm

Sie steht in der Tür. Wind und Regen haben ihren Zopf zerzaust, Wasser tropft an ihr herunter, unter ihren Füßen bildet sich eine Pfütze.

Er sitzt in der Stube, im Dunkeln. Sitzt und wartet, aber jetzt nicht mehr, das Warten ist vorbei.

Sie sehen sich an, die Frau und der Mann.
Gehen wir, sagt sie und er nickt.
Ja.

Am See, an der alten Weide bleiben sie stehen. Der Wind peitscht die Zweige hin und her, es ist, als würde die Weide den Kopf schütteln, als sage sie immerzu Nein. Nein, nein, nein. Nicht hierher, nicht heute, geht wieder nach Hause.
Wir sollten nach Hause gehen, sagt die Frau.
Er sieht sie an. Und wo soll das sein?, fragt er.
Irgendwo im Wald kracht ein Ast auf den Boden. Irgendwo gar nicht so weit weg grollt Donner heran.
Als ein Blitz krachend in den toten Baum am anderen Ufer einschlägt, zieht sich der Mann aus. Und sie tut es ihm gleich.
Nackt stehen sie am Ufer, es gibt kein Zögern mehr. Das gab es nie. Alles ist längst entschieden.

Er wird dir nichts tun, sagt der Mann leise.
Aber du, denkt sie.

Sie gehen in den See hinein, nebeneinander und doch jeder für sich. Der See ist es, der sie miteinander verbindet. Alles Leichte wird schwer in diesem See. Alles Schwere wird leicht. Sie tauchen unter und wieder auf, sehen sich an. Nein, es gibt kein Zurück, es hat nie ein Zurück gegeben.

Manches musst du einfach geschehen lassen, sagt ein alter Mann auf einer Bank vor dem Haus.

Kra, bestätigen die Krähen auf den Nussbäumen.

Die Frau und der Mann tauchen erneut unter, lassen sich fallen, in den See, ineinander hinein. Sie verlieren sich und der See findet sie wieder.

Etwas geschieht.

Karolina

Am nächsten Morgen betrachtet mich Emmi mit ihrem allwissenden Emmi-Blick. Sie sagt nichts und auch mir fallen keine Worte ein.

Ich komme zu spät in die Bäckerei. Bevor Marianne etwas sagen kann, steht die Huber Fanni vor uns und hat viel zu erzählen: der Karl hätte mitten im Sturm hinausgemusst, Bäume von der Straße sägen und den vollgelaufenen Keller der Holzners auspumpen, der Meisner Lore sei die Tanne aufs Hühnerhaus gefallen, die Hühner waren alle ganz narrisch gewesen, die mussten sie dann wieder einsammeln, mitten in der Nacht und das im Regen, im Sturm – während die Huber Fanni redet, gebe ich dem Toni ein Roggenbrot, der Kehringer Hilde packe ich fünf Semmeln und zwei Brezen ein, die Ursula bestellt fünf Weißbrote auf Samstag, Aber schön knusprig, hörst du? –, und dann ist auch die Fanni mit Reden fertig und sieht uns an, die Marianne und mich. Und ihr?, fragt sie. Wie habt ihr die Nacht überstanden?

Marianne sieht mich an. Ach, sage ich und frage, wie es der Enkelin von der Fanni geht. Sogleich redet sie weiter, was das Baby schon alles kann und was nicht, ob und wie es den Stefan und die Lena schlafen lässt oder auch nicht, was es zu essen bekommt, undsoweiterundsofort, bis sie schließlich alles erzählt hat und nach Hause geht.

So geht der Tag vorbei und alles ist wie immer, nur dass nichts mehr ist wie immer.

Karolina, sagt die Marianne später, als wir den Laden zugeschlossen haben. Karolina, und dann sieht sie mich nur an.

Ich muss nach Hause, sage ich. Emmi wartet.

Aber Emmi ist bei Radek und wer wüsste es besser als Marianne.

Gärtner

Wieder fährt Gärtner mit dem Auto vor, wieder ist alles dunkel. Er steigt aus, die Autotür knallt zu, lauter als beabsichtigt, er zuckt zusammen, lauscht. Die leisen Geräusche seines Autos, ein Motor, der zur Ruhe kommt. Dahinter und davor: Stille.

Gärtner geht hinein, in die Stube, die Dunkelheit.

Der Herr Polizist, sagt die Dunkelheit.

Ich habe Urlaub, sagt Gärtner.

Die Dunkelheit schweigt. Und was machst du dann hier – die Frage stellt sich von ganz allein in den Raum. Vielleicht hat Gärtner sie auch mitgebracht.

Ich habe mir ein Zimmer genommen, sagt er. In der Klosterschenke.

Ist das eine Einladung?, fragt die Dunkelheit.

* * *

Im Zimmer ist es kalt. Vorhin hat er die Heizung bis zum Anschlag aufgedreht, wärmer ist es trotzdem nicht geworden. Über dem Doppelbett hängt eine Maria in Öl, in der Ecke des Zimmers ein Jesus am Kreuz. Palmzweige dahinter.

Draußen schlagen die Glocken. Vier Schläge für die volle Stunde. Dann noch einmal neun.

Das Zimmer ist zu klein, denkt Gärtner.

Und jetzt?, fragt Sam.

Wollen Sie etwas essen?, fragt Gärtner. Ich lade Sie ein.

Dass du tatsächlich noch Sie sagst, sagt Sam. Und da unten bekommst du um diese Uhrzeit höchstens noch ein Butterbrot. Wenn du Glück hast.

Ich habe sowieso keinen Hunger, sagt Gärtner.

Ach nein?

Sam kommt auf ihn zu. Duckt sich unter der Lampe weg, bleibt vor ihm stehen. Soll ich mich ausziehen?, fragt er. Und lächelt.

Schluss, denkt Gärtner und geht einen Schritt zurück. Was soll das denn?

Oder dich küssen?, fragt Sam. Wieder geht er einen Schritt vor, wieder weicht Gärtner zurück.

So wird das nichts, sagt Sam und lächelt.

Gärtner sieht ihn an, bleibt in seinen Augen hängen, so dunkel und bodenlos. Gärtner fällt.

Und Sam macht den nächsten Schritt.

* * *

Es ist immer noch kalt. Kein Wunder, wenn man nicht einmal mehr etwas anhat.

Was ist mit deinem Großvater?, fragt Gärtner und fühlt sich noch nackter, als er ohnehin schon ist.

Trotzdem wiederholt er seine Frage, als keine Antwort kommt: Was ist passiert?

Stille. Lang anhaltende Stille.

Was geht es dich an?, sagt Sam schließlich.

Vielleicht, sagt Gärtner, würde es helfen – Er bricht ab.

Helfen. Sam lächelt und mit seinem Lächeln fällt die Temperatur um weitere drei bis vier Grad. Ja klar.

Sam, sagt Gärtner, aber Sam steht auf und greift nach seinen Kleidern, zieht sich an und ist aus dem Zimmer, bevor Gärtner weiß, was er eigentlich sagen wollte.

Gärtner stellt sich unter die Dusche, das Wasser ist so kalt wie das Zimmer, er dreht die Armatur bis zum Anschlag, wartet, aber nein, es wird einfach nicht wärmer.

Dann muss es wohl so sein, denkt er und bleibt unter der kalten Dusche stehen, bis er sich selbst nicht mehr spüren kann.

* * *

Als er am nächsten Morgen aufwacht, ist ihm noch immer kalt. Zentnerschwere Daunendecken, aber sie helfen nicht, ihm wird einfach nicht warm.

Ich brauche Bewegung, denkt er und geht wenig später den Kreuzweg zur Kapelle hinauf. An Station VII, Jesus fällt zum zweiten Mal, kommt die Sonne heraus, Gärtner spürt ihre warmen Strahlen auf seinem Rücken, aber es hilft nichts, diese Kälte wird ihm bleiben, für immer.

Die Kapelle ist verschlossen, die schwere Holztür steht zwar offen, aber dahinter versperrt eine Gittertür den Weg in den Innenraum.

Am Seitenaltar brennen Kerzen, Maria, bitte für uns, Maria erlöse uns, Maria, wir danken dir. Gärtner wirft ein Zwei-Euro-Stück in den Opferstock.

Als würde das helfen.

Er setzt sich auf die Bank vor der Kapelle und schließt die Augen. Unten läuten Glocken, acht Uhr, Frühstückszeit, aber er hat keinen Hunger.

Als er geht, sieht er noch einmal in die Kapelle hinein. Maria, lass mich wieder zu Verstand kommen, sagt er leise.

Viel Hoffnung hat er nicht.

Er setzt dich im Wald aus und du hast nichts. Kein Wasser, kein Essen, keine warme Jacke. Nur dich selbst. Das muss reichen.

In der Stadt haben sie Lichterketten aufgehängt. An jeder Ecke riecht es nach Glühwein, Bratwurst und gebrannten Mandeln; überall dreht sich die immer gleiche Weihnachtsmusik im Kreis.

Im toten Wald hingegen: kein Laut, kein Licht. Es riecht nach modriger Verwesung und wer sich im Kreis dreht, bist du.

Eines Tages gelangst du an die Grenze des Waldes. Die Bäume lichten sich und dahinter: die Autobahn. Autos rasen vorbei, der Fahrtwind eines Lastwagens zieht an deinen Haaren, deinen Kleidern.

Du stehst hinter der Leitplanke, siehst auf die Fahrbahn. Gehst noch ein bisschen näher ran.

Ein LKW hupt.

Vier Spuren, Unmengen Autos, dahinter: die andere Seite.

Du würdest es tun. Hinüberlaufen. Und alles würde gut gehen, wieder einmal. Es geht immer gut aus für dich. Wenn am Ende jemand tot wäre, du wärst es nicht, du wärst auf der anderen Seite. Aber dann. Was willst du dort, dort ist auch nichts besser.

Karolina

Komm, sagt er. Und nimm den Autoschlüssel mit.

Und ich komme und nehme den Autoschlüssel mit.

Er fährt. Ich frage nicht, wohin.

Irgendwann biegt er von der Landstraße ab, auf einen endlosen Feldweg. Wiesen links und rechts von uns, noch mehr Wiesen, dann eine Anhöhe und unten im Tal ein Wald. Wir sind da, denke ich, denn etwas ist auf einmal anders.

Seine Hände liegen noch immer auf dem Lenkrad. Sein Atem unverändert. Und doch. Diese Spannung in ihm.

Er sieht mich an, sucht nach etwas, findet es.

Wir fahren hinein und der dunkle Wald nimmt mir den Atem. Willst du nicht das Licht anmachen?, frage ich. Er lacht.

Hinter dem Lachen ist alles still, so still. Wie der See, aber nein, es ist eine andere Stille. Ich öffne das Fenster, lausche hinaus. Nichts.

Er hält an. Vor uns eine Hütte, man erkennt sie kaum, erst wenn man direkt vor ihr steht. So gut hat sie sich mit dem Wald verwoben.

Wieder sehe ich ihn an.

Du willst nicht hineingehen, sagt er.

Aber du tust es, sage ich und steige aus. Schnuppere. Es riecht –, riecht nach –

Totes Schwein, sagt er. Es riecht nach dem Blut der Schweine. Freiheit, sagt er, riecht wie totes Schwein.

Freiheit, wiederhole ich und meine, irgendwo ein Lachen zu hören.

Ich hebe die Augenbrauen und sehe zur Hütte. Lausche. Da ist wirklich ein Geräusch in der Stille.

Ein Brunnen, sagt er. Hinter der Hütte.

Ich gehe um das Auto herum, zu ihm. Und jetzt?, frage ich und er sieht mich an.

Er bückt sich und greift mit einer Hand in die schwarze Erde. Renn, denke ich, aber ich bleibe stehen, ganz still. Er taucht den Zeigefinger in den Matsch und dann – sieht er mich an und ich falle und er malt Schwarz in mein Gesicht, auf den Nasenrücken, die Augenbrauen, die Wangen, das Kinn.

Und wir stehen da und sehen uns an und die Zeit kommt uns abhanden.

Dann irgendwann dreht er sich weg. Warte, sagt er, warte hier, und er geht in die Hütte und auch ich will hineingehen, aber ich tue es nicht, bleibe einfach nur stehen und warte.

Irgendwann kommt er wieder, mit einem Messer in der Hand, jetzt müsste ich doch wirklich Angst haben, aber nein, ich stehe da und mit dem Messer nimmt er das Schwarz wieder von mir herunter, langsam und still.

Er wischt es an seiner Jeans ab und später, als wir wieder im Auto sitzen, will ich danach greifen, will das Schwarz mit nach Hause nehmen, es auf ein Blatt Papier bannen, aber ich tue es nicht, es gehört ihm.

Gärtner

Gärtner sitzt im Auto und wartet. Seit einer halben Stunde betrachtet er das Haus der Bäckereiverkäuferin. Warum und worauf er wartet, er könnte es nicht sagen.

Sie ist zu Hause, das weiß er, er hat sie vorhin hinter dem Küchenfenster gesehen.

Sie hat ihn nicht bemerkt, im Gegensatz zu allen anderen. Hier ein Zupfen am Vorhang, dort eine Tür. Vorhin ist einer mit dem Hund vorbeigegangen, hat ihm zugenickt und kurz gezögert. Was machen Sie denn hier? Er hat es dann doch nicht gefragt. Gärtner hätte auch keine Antwort gehabt.

Schließlich kommt Sam die Straße heruntergelaufen. Vielleicht hat Gärtner auf ihn gewartet. Er duckt sich weg, ohne Not, Sam interessiert sich weder für Autos noch für die Leute, die vielleicht darin sitzen. Für die Frau aus der Bäckerei interessiert er sich, zu ihrem Haus geht er und klingelt. Sie öffnet und keine Minute später sitzen sie im Auto, ihrem Auto und fahren los.

Gärtner folgt ihnen. Das sollte er nicht tun, wirklich nicht, aber er tut es. Sie fahren endlos über Land. Ich sollte mir wenigstens den Weg merken, denkt er, schafft es aber nicht. Orte, Weiler, Häuser ziehen an ihm vorbei, Gärtner hat keinen Blick dafür, sieht einzig das Auto vor sich.

Das jetzt auf einen Feldweg abbiegt. Gärtner zögert nur kurz, biegt dann ebenfalls ab. Das Auto holpert, stolpert, der Boden ist noch gefroren, das ist vielleicht ganz gut, so wird es wenigstens nicht im Matsch steckenbleiben.

Ein Wald, sie halten auf einen Wald zu. Vor dem Wald ein kurzer Stopp, aber gleich geht es weiter und schon verschwindet das Auto zwischen den Bäumen.

Gärtner stoppt ebenfalls vor dem Wald. Hier geht es nicht weiter, denkt er. Nicht für mich.

Eine Windböe rüttelt am Auto. Der Motor läuft, er hat die Zündung nicht ausgemacht, dreht jetzt die Heizung höher, es kommt ihm vor, als kämpfe das Auto mit aller Gewalt dagegen an, liegenzubleiben.

Einen Moment lang ist er versucht, aufs Gas zu treten, zu prüfen, ob er, wenn er mit Vollgas nach vorne fährt, tatsächlich an einer Wand abprallen wird.

Aber dann legt er doch den Rückwärtsgang ein, das Auto seufzt erleichtert auf und sie fahren zurück, so schnell es eben geht, verfolgt von eisigen Blicken aus dem Fichtenbollwerk. Endlich erreicht er die Anhöhe, dreht die Heizung noch einmal höher, das Auto kämpft noch immer, da, ein zweiter Feldweg, Gärtner wendet und weg, nichts wie weg.

Er weiß nicht wie, aber auf einmal ist er auf der Autobahn Richtung München. Viel zu schnell ist er in der Stadt, fährt an Marlenes Haus vorbei – ein Parkplatz direkt vor ihrer Haustür, er blinkt, parkt und steht dann da, kann sich nicht rühren, weiß nicht, was er ihr erzählen sollte, denn was gibt es schon zu erzählen? Da war ein Wald, die beiden sind in einen Wald gefahren?

Er würde den verdammten Wald noch nicht einmal wiederfinden.

Karolina

Drei Monate nach der Sturmnacht sitze ich im Wartezimmer von Doktor Renner, meiner Gynäkologin. Routinetermin, eigentlich.

Wie geht es Ihnen, Frau Rehberger?, fragt die Arzthelferin, als sie mir im Labor die Blutdruckmanschette um den Arm legt.

Ich bin schwanger, sage ich.

Oh, sagt sie und hält inne, überlegt wohl, ob Glückwünsche angebracht sind. Sagt dann nur, dass sie eine Urinprobe von mir bräuchte.

Danach sitze ich erneut im Wartezimmer. Ich brauche keinen Test, denke ich. Ich weiß es.

Und er, er weiß es auch, hat es noch in dieser Nacht gewusst. Da war etwas in seinen Augen, ich habe es gesehen.

Ich denke an Emmi, Emmi war nicht geplant, Emmi ist einfach passiert. Ein Kind!, hat João gerufen und übers ganze Gesicht gestrahlt. Wir bekommen ein Kind! Und alles war schön und warm und geborgen. Bis der Bus in die Leitplanke krachte, dann nicht mehr.

Dieses Mal ist es anders, denke ich. Dieses Mal versinkt die Welt schon vorher in Schwarz.

Dieses Mal ist es gleich, denke ich. Noch ein Kind ohne Vater.

Frau Rehberger?

Ich stehe auf.

Doktor Renner sieht vom Grau-Schwarz-Weiß des Ultraschallmonitors zu mir. Sieht so weit alles gut aus, sagt sie. Fünfzehnte Woche, würde ich sagen.

Ja, denke ich. Das würde ich auch sagen.

Wollen Sie das Geschlecht wissen?, fragt sie. Sagen könnte ich es Ihnen noch nicht, aber wenn Sie es nicht wissen wollen, vermerken wir das in den Unterlagen. Sie lacht. Damit wir uns nicht verplappern.

Ein Junge, sage ich. Es wird ein Junge.

* * *

Marianne weiß es auch. Als ich das nächste Mal in der Bäckerei bin, sieht sie mich noch genauer an als sonst, sagt dann, sie habe noch das Kinderbett von der Eva. Eine Wickelkommode und Babykleider.

Aber die Eva und der Toni, protestiere ich, doch sie winkt ab.

Die Eva will das alte Zeug sowieso nicht, sagt sie.

Ich auch nicht, denke ich.

Du wirst es brauchen, sagt sie.

* * *

Emmi, die weiß es natürlich auch. Ich bekomme einen Bruder, sagt sie zu Radek.

Der starrt sie an.

Woher weißt du …?, frage ich und breche ab.

Natürlich weiß sie es. Wer, wenn nicht sie.

Einen Bruder?, fragt Radek und sieht ratlos aus.

Einen Bruder, sagt Emmi. Aber er wird nicht lange bleiben.

Ach?, denke ich.

Wo geht er denn hin?, fragt Radek.

Ja, Emmi, das würde ich auch gern wissen. Wo geht er denn hin?

Sind noch Pfannkuchen da?, fragt Emmi.

Alois Eder, Hausmeister, München

Ich war schon über fünfzig, als wir an die Schule gekommen sind. Über fünfzig und zum Alkoholiker hat nicht viel gefehlt. Dass die uns überhaupt genommen haben, war ein Wunder, aber was rede ich, es war natürlich der Verdienst von der Erika. Meiner Frau. Ich habe sie nicht verdient, aber sie hält trotzdem an mir fest.

So ein Hausmeister, der sieht alles. Aber den Hausmeister sehen sie nicht, außer, es gibt was zu tun. Dann wirst du gebraucht, dann bist du auf einmal wer.

Herr Eder, bitte schön, Herr Eder, danke schön, Herr Eder, Herr Eder.

Wir waren vielleicht ein gutes Jahr dort, als in den Chemiesaal eingebrochen wurde. Eine Explosion hätte es gegeben, sagten sie und wirklich, es war eine Riesensauerei. Die durfte dann natürlich ich wegmachen. Aber erst einmal großes Tamtam, sogar die Polizei ist gekommen. Und mittendrin die Frau Direktorin. Nein, ihre Schüler seien das nicht gewesen, das könne sie ausschließen.

Da musste ich herzlich lachen, also später, als ich es der Erika erzählt habe. Die hat mich dann streng angesehen und ins Gebet genommen. Wenn du was weißt, Alois, dann musst du es sagen. Und das hatte ich auch vor, wirklich. Der Direktorin nicht, der depperten Blunzen, aber der Polizei wollte ich es sagen, natürlich. Aber dann haben die ihre Nasen in mein Kabuff gesteckt und wie hoch sie die gehalten haben, die Nasen. Und Fragen haben sie gestellt, man hätte glauben können, ich wäre der Einbrecher gewesen! Also geh. Habe ich denen also nichts gesagt, war mir eh lieber so. Und gewusst habe ich ja eigentlich auch nichts, nur gedacht habe ich mir so einiges, wer das gewesen sein könnte zum Beispiel. Als ich den Wegener vor dem Chemiesaal hab herumlungern sehen, noch nervöser wie der eh schon immer war, da war ich mir ziemlich sicher, wen ich mir zur Brust genommen hätte. Der Weidenkamp war natürlich nicht da. Der hätte sich aber eh nichts anmerken lassen.

Für den Wegener ging die Geschichte nicht gut aus. Also nicht die mit dem Chemiesaal, die hat sich im Sand verlaufen, weil die Polizeinasen rein gar nichts herausbekommen haben.

Aber dann – ein tragischer Unfall, so haben sie gesagt, mei, so ein Blödsinn, was ist denn bitte schön daran ein Unfall, wenn der Junge von der Brücke auf die S-Bahn springt? Gut, er hätte nicht gleich sterben müssen, da hat er wirklich ein saublödes Pech gehabt. Aber dass dem irgendwann das Glück ausgeht, das war doch abzusehen.

Hätte der Wegener den Weidenkamp nicht getroffen, er würde noch leben, da wette ich meinen letzten Schnaps drauf.

Der Weidenkamp, der war dann weg. Nach der Sache mit dem Wegener. Fand keiner komisch, oder zumindest hat niemand darüber gesprochen. Wobei über den Weidenkamp eh keiner gesprochen hat. Als hätten sie Angst, seinen Namen in den Mund zu nehmen.

Ist gut, dass er fort ist, hat die Erika gesagt. Die kennt den alten Weidenkamp über sieben Ecken, wie sie überhaupt jeden kennt. Und wie sie jedem die Meinung sagt, ganz egal ob das nun ein Herr Doktor oder ein Lumpensammler ist. Aber vor dem alten Weidenkamp hatte sogar meine Erika Respekt.

Seit der Sache mit dem Wegener habe ich ihn nicht mehr gesehen, den jungen Weidenkamp. Aber kürzlich, da hat mir die Erika aus der Zeitung vorgelesen, eine junge Frau sei ermordet worden, in der Nähe von Moosbruck.

Ja und?, habe ich gefragt, als sie mich erwartungsvoll angesehen hat.

Elisabeth W., hat sie vorgelesen, Tierarzthelferin aus München. Erika hat von der Zeitung aufgesehen. Hat nicht die kleine Wegener Tierarzthelferin gelernt?, hat sie gefragt. Beim van den Berk? Und die Frau vom alten Weidenkamp, die kam gebürtig aus Moosbruck.

Und wir haben uns angesehen und ich habe gewusst, was sie gedacht hat, aber ich habe den Kopf geschüttelt. Nein, habe ich gesagt und nach meinem Kuchen gegriffen. Wir wissen doch gar nichts.

Erika hat mich immer noch angesehen, Geh, habe ich gesagt, was sollen wir denn sagen, bitte schön?

Und da ist ihr dann auch nichts mehr eingefallen.

Karolina

Dann kommt er in die Bäckerei. Marianne ist gerade zum Metzger gegangen. Ich bin gleich wieder da, hat sie gesagt. Soll ich dir was mitbringen?

Nein, habe ich gesagt. Ich brauche nichts.

Ich habe auf ihn gewartet. Ich wusste es nicht, aber jetzt
wo er da ist, weiß ich es.
Er sieht mich an und ich sage es. Ich bin schwanger, sage ich.
Ich weiß, sagt er.
Von dir, sage ich und er lächelt.
Natürlich lächelt er.

Gärtner

Wieder fährt Gärtner mit dem Auto vor, wieder brennt kein Licht. Aber dieses Mal ist tatsächlich niemand da. Gärtner nutzt die Gelegenheit und sieht sich um: zieht Schubladen auf, öffnet Schränke, riecht an Kräuterbündeln, die an der Wand hängen. Neben dem Ofen liegt eine Pfeife, er riecht auch daran, sie hat einen ganz eigenen Geruch, anders als der handelsübliche Tabak, den er kennt.

Als Sam hereinkommt, hat Gärtner noch immer die Pfeife in der Hand.

Warst du schwimmen?, fragt Gärtner.

Sam antwortet nicht. Was soll er auch sagen? Er steht mit nassen Haaren in der Tür, das T-Shirt noch feucht, natürlich war er schwimmen. Er sieht die Pfeife an.

Das geht dich nichts an, sagt er und Gärtner hebt die Augenbrauen. Betrachtet noch einmal die Pfeife, bevor er sie langsam wieder auf den Tisch legt.

Was ist das für ein Wald?, fragt er und etwas passiert im Raum. Würde plötzlich das Licht ausgehen, Gärtner würde es nicht wundern. Er sieht Sam an und fragt sich, ob er überhaupt atmet. In seinen Augen erkennt er die Fichten, die ihn und das Auto mit Eis beworfen haben.

Leg den Rückwärtsgang ein, hört Gärtner die Stimme seines Autos.

Sieh an, sagt Sam und seine Augen ziehen das letzte Licht aus der Stube. Der Herr Polizist war im Wald.

Da war ich und da war ich nicht, denkt Gärtner. Thomas von der Spurensicherung fällt ihm ein. Das willst du nicht sehen,

Gärtner, sagt er, wenn etwas besonders widerlich ist. Das willst du jetzt wirklich nicht sehen.

Ja, sagt Gärtner. Vielleicht war ich im Wald.

Sam kommt näher, immer näher, stoppt erst, als er direkt vor ihm steht. Viel zu nah ist das.

Nein, sagt Sam. Da warst du nicht.

Was ist das für ein Wald?, fragt Gärtner ein zweites Mal.

Das willst du nicht wissen, sagt Sam.

Das will ich wissen, sagt Gärtner.

Sam geht zur Tür. Dann los, sagt er und als Gärtner herauskommt, steht Sam am Auto, öffnet die Tür und schon sitzt er auf dem Fahrersitz. Hatte ich nicht abgeschlossen?, fragt sich Gärtner, zögert kurz und setzt sich dann auf den Beifahrersitz.

Du kannst nicht fahren, sagt er, die Versicherung –

Sam sieht ihn nur an. Und Gärtner gibt ihm den Schlüssel.

* * *

Ich muss mir merken, wo wir hinfahren, denkt Gärtner. Dieses Mal muss ich aufpassen.

Er sieht aus dem Fenster, kann sich aber partout nicht konzentrieren.

Ich habe übrigens keinen Führerschein, sagt Sam.

Gärtner starrt ihn an. Das ist jetzt ein Witz, oder?

Sam lächelt.

Es ist kein Witz.

Gärtner erkennt den Feldweg wieder. Heute bleibt das Auto stumm, hat nichts mehr zu sagen. Sam fährt über die Anhöhe und da ist er, der Wald. Sie fahren noch ein Stück, dann hält Sam an, macht den Motor aus.

Und jetzt?, fragt Gärtner.

Jetzt bist du hier, sagt Sam. Hineingehen musst du alleine.

* * *

Gärtner steigt aus. Ein Fehler, denkt er. Was zum Teufel mache ich hier? Still ist es. So wie am See und doch ganz anders. Gärtner läuft langsam Richtung Wald, Schritt für Schritt. Es sieht aus, als ende der Weg vor dem Wald, aber so ist es dann doch nicht. Kaum macht Gärtner den ersten Schritt in den Wald hinein, wird es dunkel um ihn herum. Drinnen der Wald, draußen die Welt.

Seine Schuhe sinken ein. Schwarzer Matsch, komisch, hier scheint es nicht gefroren zu haben. Björn fällt ihm ein, Björn von der Spurensicherung. Spuren schwarzer Erde, hat er gesagt. Die habe er in den Stichwunden gefunden, vermutlich von der Tatwaffe. Er müsse sich das noch einmal genauer ansehen.

Gärtner bückt sich, greift nach dem Schlamm und zerreibt ihn zwischen Daumen und Zeigefinger. Er holt eine Beweismitteltüte aus der Jackentasche, streift die Erde darin ab.

Dann sieht er auf, fragt sich, wo er eigentlich hergekommen ist. Dieser Wald nimmt ihm die Orientierung. Raus, denkt er und ist erstaunt, dass es in die Freiheit nur zehn Schritte sind. Noch erstaunter ist er, dass sein Auto noch immer auf dem Weg steht, mit Sam auf dem Fahrersitz.

Schweigend fahren sie zurück und als sie wieder am Hof ankommen, stellt Gärtner fest, dass er sich den Weg schon wieder nicht gemerkt hat. Er greift in die Jackentasche. Immerhin die Tüte ist noch da.

Wartest du darauf, dass ich frage, ob du noch mit reinkommen willst?

Sie sagen, sie sei schwanger, sagt Gärtner und da ist sie wieder, diese Spannung in der Luft, das Gefühl, gleich müsse der Blitz einschlagen.

Aber nichts passiert.

Sie sagen auch, ich hätte sie umgebracht, sagt Sam.

Und?, fragt Gärtner. Haben sie Recht?

Sam sieht ihn an und lächelt. Dann steigt er aus und geht zurück ins Haus.

Was zur Hölle macht er da drin eigentlich die ganze Zeit?, fragt sich Gärtner.

Später sitzt Gärtner wieder in seinem kalten Zimmer in der Klosterschänke, die Tüte mit der schwarzen Erde in der Hand. Er nimmt sich vor, seine Sachen zu packen, gleich morgen. Zurück in die Stadt, mit Marlene sprechen, Björn die Tüte geben.

Björn wird Fragen haben. Schau es dir erst mal an, wird Gärtner sagen, aber spätestens, wenn Björn eine Übereinstimmung findet – und er wird eine finden, da ist sich Gärtner sicher –, spätestens dann wird Gärtner Fragen beantworten müssen, auf die er keine Antworten hat.

Weit weg, denkst du. So weit du kannst. Ans andere Ende der Welt. Dann bist du ihn los. Denkst du. Aber so ist es nicht, du nimmst ihn mit, überallhin, er lässt sich nicht abschütteln, nie mehr, er ist in dir, ihr seid aus demselben Holz geschnitzt.

Nicht ins Outback, sagen sie, nicht allein. Bist du wahnsinnig?

Ja, vielleicht.

Du stirbst, sagen sie.

Nein, das glaubst du nicht, so schnell stirbt man nicht, du nicht.

Und wenn schon, sagst du und sie schütteln den Kopf.

Na dann, sagen sie. Bring dich halt um, du bekloppter Deutscher.

Draußen im Outback denkst du, dass sie vielleicht doch Recht gehabt haben, dass jetzt endlich alles aufhört, zu Ende geht.

Aber dann kommt ein Jeep angefahren, ein Mädchen steigt aus und hält dir eine Wasserflasche an die Lippen. Du schlägst die Flasche weg, so viel Kraft hast du noch, aber das Mädchen holt eine zweite aus dem Auto und du gibst auf. Es hört nicht auf, es hört einfach nicht auf.

Nicht einmal hier.

Sie bringt dich zu einer Farm. Auf der Farm wartet ein alter Mann, er sieht dich an und weiß alles. Dein Leben besteht aus alten Männern, die alles wissen. Wenn du nicht aufpasst, wirst du irgendwann selbst einer sein.

Krähenjunge, sagt der alte Mann und vielleicht halluzinierst du, aber später, da liest du es aus seinen Augen heraus. Krähenjunge, was machst du hier, du gehörst nicht hierher.

Nirgends gehöre ich hin, willst du sagen, aber es stimmt nicht, du weißt es, er weiß es.

Der, mit dem du nach Hause gegangen bist, wusste es auch. Hast du schon mal jemanden umgebracht?, hat er dich gefragt.

Ich habe es versucht, hast du gedacht. So oft habe ich es schon versucht.

Später kommt noch ein Mann, sieht dich an und legt die Stirn in Falten. Wer ist das?, fragt er das Mädchen. Die sieht zu dem Alten. Der Mann folgt ihrem Blick und seufzt. Was soll das jetzt wieder?, sagt er.

Der Alte sagt nichts.

Du lächelst. Überall das gleiche Spiel.

Den müssen wir ins Krankenhaus bringen, sagt der Mann. Der stirbt uns hier weg.

Nein, sagt der Alte, der nicht.

Und alle wissen, er hat Recht.

Du stirbst nicht, du lebst. Atmen, essen, trinken, atmen, essen, trinken.

Ein Scheißleben ist das.

Später, viel später verlässt du die Farm und gehst doch wieder dahin zurück, wo du hergekommen, wo du nie weggekommen bist.

Du gehst an sein Grab, aber was willst du da, dort ist er nicht, dort ist nur eine steinerne Platte mit Aufschrift: Johann Weidenkamp, unvergessen. Unvergessen, wer hat sich das ausgedacht? Vermutlich der Alte selbst, noch aus dem Grab heraus lacht er euch aus.

Du überlegst dir, ihm mitten ins Gesicht, in den Namen zu pissen, wie damals dem Jesus ans Kreuz.

Du gehst zurück in den Wald, zurück in die Hütte. Am toten Wolf vorbei, im Vorübergehen streifst du Staub von seinem borstigen Fell. Ein letztes Mal, flüsterst du ihm zu, aber keiner von euch beiden glaubt daran. Du gehst in die Stube hinein, all die Messer, aber sie interessieren dich nicht, heute nicht, du gehst in die Knie, öffnest die Falltür, sie quietscht nicht, sie hakt nicht, alles funktioniert, wie es funktionieren soll, wie es immer funktioniert hat; kalt ist es dort unten, die Kälte packt dich, klammert sich an dir fest, du bist es nicht mehr gewohnt, denkst du, aber es stimmt nicht, die Kälte, sie ist in dir, du wirst sie nicht mehr los.

Du springst hinunter, es ist nicht tief, der Boden ist feucht und klamm, wie er es immer war und bleiben wird. Es riecht nach totem Wildschwein. Und nach dir, immer noch.

Du schließt die Klappe hinter dir. Tiefschwarze Dunkelheit, der Mittelpunkt des toten Waldes, du hast ihn erreicht.

Du atmest, immer noch, hörst seine Schritte, auch wenn es nicht sein kann, hörst sein Lachen, auch wenn es nicht sein kann. Du schlägst mit der Faust an die Wand und wünschst dir, du hättest wenigstens ein Messer mitgenommen, eins nur. Und dann.

Dann verlierst du die Zeit. Wie du sie immer verloren hast dort unten, Jahre bist du gealtert und doch nur einen Tag, eine Stunde, vielleicht nur eine halbe. Du verlierst die Zeit und gewinnst nichts hinzu.

Wenn ich rauskomme, sagt du, dann.

Aber die Tür ist offen, sie war es immer schon.

Wieder gehst du am toten Wolf vorbei, bürstest im Vorübergehen erneut Staub von seinem Fell und dieses Mal kommt es dir vor, als knurre er dich an. Was willst du noch hier?, fragt er dich. Wer ist denn hier der Tote, du oder ich? Du siehst ihn an, den Wolf mit dem Loch in der Brust, ein sauberer Schuss, der Alte hat einen Wolf gewollt, der Alte hat einen Wolf bekommen.

Der Alte bekommt, was er will, er will dich, dein Leben. Und du, was willst du?

Karolina

Marianne ist es, die alles in die Hand nimmt. Natürlich, wer sonst?

Am Samstag bringt der Toni die Wickelkommode, sagt sie. Und das Bett.

Aber es ist doch gar kein Platz, denke ich.

Bis dahin räumen wir das Zimmer von der Irmi aus, ich helfe dir.

Omis Zimmer. Natürlich hat sie Recht, es ist die beste, die einfachste Lösung. Omi braucht ihr Zimmer nicht mehr.

Trotzdem.

* * *

Die Kerze auf dem Nachttisch. Die hat sie immer bei einem Gewitter angezündet. Die Gebetsbücher, der Rosenkranz daneben. Die Kleider aus dem Schrank. Ihre Haarbürste, Haarnadeln, das Haarnetz. Strümpfe, Unterhosen, Unterhemden. Das Bett abziehen. Das Bett zerschlagen, für den Sperrmüll. Das Ölgemälde über dem Bett, Jesus mit seinen Jüngern. Hinaus damit.

Der Toni kommt mit dem Traktor und dem Anhänger, sagt Marianne. Da kann er gleich alles mitnehmen und zum Wertstoffhof bringen.

Omis Leben auf dem Wertstoffhof. Schön säuberlich in Container sortiert. Sperrmüll, Elektro, Restmüll.

Aber Marianne hat ja Recht.

Toni kommt und sieht mich an. Wie geht's?, fragt er. Eine Antwort wartet er lieber nicht ab, überhaupt ist es ihm nicht recht, hier zu sein, oder vielleicht ist es auch nur der Evi nicht recht.

Und bei euch?, frage ich.

Passt schon, sagt er und weicht meinem Blick aus. In der Bäckerei erzählen sie, er würde jede Woche länger am Stammtisch sitzen bleiben und die Evi, die wolle schon wieder etwas umbauen, man würde das Haus bald gar nicht mehr wiedererkennen.

Ach Toni, denke ich. Es hätte so einfach sein können. Mit uns.

Er sieht mich an und ich glaube, er denkt das gleiche, aber so einfach ist es nun mal nicht, das Leben.

* * *

Ich gehe erneut zu Doktor Renner. Alles gut, sagt sie und lächelt. Vielleicht will beim nächsten Mal der glückliche Vater mit dabei sein?

Und wer soll das sein?, denke ich und beschließe, nicht mehr hinzugehen, was soll ich auch dort, es wird ein Junge und er wird zur Welt kommen, gesund. Und dann.

* * *

Die alte Klara holt ihren Bauernlaib, sie sieht mich an und weiß es, wie es überhaupt alle wissen, weil immer alle alles wissen.

Ich frage sie, warum sie keine Angst hat.

Wenn du dem Tod ins Auge gesehen hast, hast du vor dem Teufel auch keine Angst mehr, sagt sie. Soll er mich doch holen, der Tod, der Teufel, langsam wäre es an der Zeit.

Wenn er will, dann holt er dich, denke ich und sie sieht mich an und vielleicht habe ich es laut gesagt.

Wenn du willst, sagt sie. Wenn du willst, dann holt er dich.

Als wäre es nicht längst entschieden.

Seine Großmutter, sagt sie. Die Anna, die Schwester vom Edgar.

Ja?, frage ich.

Hier hat sie gearbeitet, sagt sie. Hier in der Bäckerei und er ist mit dem Auto vorgefahren, einem Cabrio. Er war nicht von hier, ein Städter war er, hatte hier nichts zu suchen, aber er hielt vor der Bäckerei, ging hinein und da war sie, die Anna. Sie haben einander angesehen und alles war entschieden.

Ja, denke ich.

Die Anna war ein durch und durch guter Mensch, sagt sie und sieht mich an.

Und er?, will ich fragen, aber da ist sie schon wieder aus der Tür.

* * *

Und dann steht Sam in der Bäckerei, sieht mich an, wie kann er mich so ansehen, sämtliche Türen will ich verschließen, Schränke und Kommoden davorschieben, Bretter vor die Fenster nageln, ihn bloß nicht hereinlassen. Aber ist es dafür nicht längst zu spät?

Sie haben einander angesehen und alles war entschieden.

Gärtner

Sein Telefon klingelt. Marlene.

Was zur Hölle machst du da draußen, Robin?, fragt sie.

Marlenchen! Ich freu mich auch, von dir zu hören.

Verarschen kann ich mich selbst, sagt sie. Was machst du in Moosbruck?

Urlaub.

Robin!

Er schweigt.

Ich kann es dir nicht erklären, sagt er schließlich.

Mir musst du nichts erklären, sagt sie. Aber die Leute rufen hier an, die wollen wissen, was du da draußen machst, es sei doch alles geklärt, oder etwa nicht?

Wieder schweigt er.

Oder etwa nicht? Robin?

Schweigen.

Dass du es dir mit Berthold versaut hast, macht dir das Leben auch nicht gerade leichter. Der sieht seine Chance gekommen und seine Chancen stehen ganz gut, wenn du so weiter machst.

Ich habe mit ihm geschlafen, sagt Gärtner.

Mit Berthold?

Mit Sam.

Jetzt ist sie es, die schweigt.

Scheiße, Robin, sagt sie schließlich.

Karolina

Marianne kommt mit Johannisbeerkuchen. Noch etwas anderes bringt sie mit, trägt es mit sich herum.

Was ist?, frage ich.

Diese depperten –, sagt sie.

Ich sage nichts, sehe sie nur an.

Ich würde ja den Mund halten, sagt sie. Wie es alle anderen auch machen sollten.

Aber sie tun es nicht, sage ich.

Sie tun es nicht, bestätigt Marianne. Und bevor es dir ein anderer aufs Brot schmiert –

Dass er mit dem Polizisten ins Bett geht?, frage ich und sie schaut mich an.

Ach, Mädchen, sagt sie.

III

Ein Übergang

Es war einmal – Sommer

Und dann kommt der Frühling und der Sommer. Es ist heiß, ungewöhnlich heiß, aber keiner beschwert sich. Es ist, als hätten alle die Wärme dringend nötig, als müssten sie sich aufwärmen, immer noch, selbst nach der brütenden Hitze der letzten Wochen. Früher hätten sie gestöhnt – Temperaturen über dreißig Grad und nicht eine Wolke in Sicht, der letzte Regen längst vergessen. Wer soll das aushalten? Heute halten sie es aus. Weil es kalt geworden ist im Dorf.

Die Frau mit dem Zopf und dem Sturm in den Augen steht weiterhin in der Bäckerei. Ihr Bauch wird dicker, aber niemand sieht es, niemand will es sehen, es ist Sommer, sie brauchen eine Pause.

Das grüne Auto des Polizisten steht nicht mehr so oft am Waldparkplatz. Hinter den Hügeln fährt es herum, auf der Suche nach einem finsteren Wald. Aber davon wissen die Leute im Dorf nichts. Das Auto ist fort, der Polizist ebenfalls, also ist alles gut.

Du weißt nicht mehr, wo das ist?, hat der Kollege des Polizisten gefragt, als dieser mit einer Tüte schwarzer Erde bei ihm an der Tür stand. Wie kann das sein?

Vielleicht willst du diesen Wald gar nicht finden, hat die Kollegin des Polizisten gesagt.

Was, wenn er doch unschuldig ist?, hat der Kollege des Polizisten gefragt, nachdem er herausgefunden hat, dass die schwarze Erde mit der übereinstimmt, die sie in den Wunden der toten Frau gefunden haben.

Ist er nicht, hat der Polizist gesagt, aber sie haben von unterschiedlichen Menschen gesprochen, sein Kollege und er. Von einem mutmaßlichen Mörder in Untersuchungshaft und einem, der in einem Dorf vor den Toren der Stadt Holz hackt, immer noch, für den kommenden Winter.

Wer ist schon unschuldig?, hat der Polizist hinzugefügt und der Kollege hat die Augenbrauen gehoben.

Ich hoffe, du weißt, was du tust, hat er gesagt.

Auch der Polizist hofft das, glaubt aber nicht mehr daran.

Der Bruder des Holz hackenden Mannes im T-Shirt, er greift wieder und wieder nach dem Brief des Nachlassgerichts. *Zum Nacherben bestimme ich den Sohn meines Enkels Samuel* – dieser Satz ist es, den er immer wieder liest, während er nebenbei die Katze krault und sich fragt, was passieren wird, denn es wird etwas passieren, er weiß es.

Die Frau mit dem Zopf ruft ihre Mutter an. Du wirst noch einmal Oma, sagt sie und am anderen Ende der Leitung: Stille.

Ach, Kind, sagt die werdende Oma schließlich. Verkneift sich alles, was sie gern hätte sagen wollen, fragt stattdessen, ob die Frau mit dem Zopf, das Kind in ihrem Bauch und vor allem das andere, das schon da ist – ob sie nicht doch zu ihr kommen wollen, nach Ibiza.

Ich kann nicht, antwortet die Frau mit dem Zopf.

Ach, Kind.

Die Leute aus dem Dorf gehen nicht mehr in den Wald, seit der Lenz das tote Mädchen gefunden hat. Es ist, als bildeten die letzten Häuser des Dorfes eine Grenze, die niemand überschreiten mag: Bleibt in euren Häusern, bleibt im Dorf, geht nicht in den Wald, nicht an den See, nicht zum Lechnerhof.

Vielleicht würden sie sogar um die Bäckerei einen Bogen machen, könnten sie es. Aber irgendwo muss das Brot ja herkommen. Und Marianne muss doch auch von etwas leben.

Mitten im Sommer springt das Mädchen mit dem Wuschelkopf in den See, dabei kann es überhaupt nicht schwimmen.

Emmi, ruft der Junge mit den Sonnenstrahlen in den Augen, Emmi! Und er läuft los, Hilfe holen. Schwimmen kann auch er nicht, aber rennen.

Als sie an den See kommen, die Frau mit dem Zopf, der Junge mit den Sonnenstrahlen in den Augen, Marianne aus der Bäckerei und wenig später auch der Notarzt, da hat der Mann im T-Shirt das Mädchen schon aus dem See geholt. Sie sitzen zusammen auf dem Stamm der alten Weide, beide klatschnass, das Mädchen blass um die Nase, hustend, aber am Leben.

Die nassen Kleider aus, sagt der Notarzt und: Was wird der See ohne dich machen, leise das Mädchen.

Emmi!, ruft die Frau mit dem Zopf und reibt die nackten, kalten Füße, mehr Kinderkörper lässt ihr der Notarzt nicht. Emmi, was machst du denn nur?

Ich wollte den toten Jungen herausholen, sagt das Mädchen.

Ein toter Junge?, der Notarzt sieht auf.

Die Frau mit dem Zopf schüttelt den Kopf.

Alles gut, sagt der Notarzt später, alles gut, aber wir nehmen dich vorsichtshalber trotzdem mit.

Das Mädchen nickt.

Sie sind die Mutter?, fragt der Notarzt die Frau mit dem Zopf.

Und was für eine, denkt sie.

Einen Platz haben wir noch, sagt er und sieht von ihr zu dem Mann im T-Shirt, der immer noch tropfnass herumsteht.

Mit Ihnen alles in Ordnung?, fragt er.

Der Mann im T-Shirt hebt die Augenbrauen und weiß keine Antwort.

Er ist okay, sagt das Mädchen und lächelt.

Dann los, sagt der Notarzt.

Mach's gut, Sam Krähenjunge, sagt das Mädchen, als es davongetragen wird. Und zünde endlich das Feuer an! Es ist ganz leicht!

Dann schlagen die Türen hinter ihr zu. Auf Wiedersehen!, hört man sie noch rufen.

Leb wohl, sagt der Mann leise, da ist der Rettungswagen schon auf halbem Weg ins Krankenhaus.

Jetzt ist es passiert, sagen die Leute im Dorf. Wir haben es doch gleich gewusst.

Ein paar Tage später sitzen die Frau mit dem Zopf und das kleine Mädchen im Auto. Zum Flughafen fahren sie.

Es ist besser so, sagt die Frau mit dem Zopf und weiß nicht, ob sie wirklich daran glaubt.

Alles wird gut, Mama, sagt das Mädchen und glaubt fest daran.

Grüß mir die Oma, sagt die Frau mit dem Zopf und sieht dem Mädchen hinterher, wie es an der Hand einer Flugbegleiterin davongeht.

Später sitzt sie im Auto und schafft es zwei Stunden lang nicht, den Schlüssel im Schloss herumzudrehen.

Warum sie nicht mitgeflogen sei, fragen die Leute im Dorf. Setzt ihr Kind allein in den Flieger. Lässt es allein am See und im Wald spielen. Das macht man doch nicht, das geht nicht gut.

Nur die Oma des Jungen mit den Sonnenstrahlen in den Augen sagt nichts, füllt stattdessen Töpfe mit Hühnerbrühe und schickt den Jungen damit zur Frau mit dem Zopf. Etwas Warmes brauche sie, sage die Oma.

Die Frau mit dem Zopf sitzt auf dem Stamm der Weide, sie hat einen Zeichenblock dabei, er ist nass vom Regen, ein leichter, warmer Sommerregen.

Sie geht ins Wasser, obwohl sie weiß, dass es keine gute Idee ist.

Und wirklich, sie wird krank, der See friert in ihr fest, hält sie von innen umklammert und lässt sie nicht mehr los.

Ach, Mädchen, sagt die Frau aus der Bäckerei, als auch sie Hühnersuppe ans Bett der Kranken bringt. Ach, Mädchen.

An den Bäumen verfärben sich die Blätter, morgens zieht Nebel auf, die Sonne schafft es an manchen Tagen kaum mehr, die Wolken aufzulösen. Der Nebel kommt und nistet sich ein, geht nicht mehr fort.

Die Sonne komme ja gar nicht mehr heraus, sagen sie und holen ihre Mützen, Schals und Handschuhe aus dem Schrank, früher als in anderen Jahren. Das war klar, sagen sie, das haben wir jetzt davon.

Draußen wird es kälter, dunkler, die ersten Herbststürme rütteln schon wieder an den Fenstern, der Mann im T-Shirt hat fast das ganze Holz im Schuppen klein gehackt und aufgestapelt, aber der Ofen in der Stube ist noch immer kalt, er hat das Feuer nicht angezündet.

IV

Das Kind kommt

Wenn du lange genug in der Finsternis sitzt. Wenn du in sie hineinfällst und einfach nur weiteratmest. Wenn du zulässt, dass sie dich verschlingt und wieder ausspeit.

Dann.

Karolina

Es geht los. Es ist schon in der Nacht losgegangen, gegen drei Uhr habe ich ein paar Kreise im Wohnzimmer gedreht und jetzt, um sechs, greife ich nach dem schwarzen Stein, dem Stein aus dem See und rufe Marianne an.

Ich komme heute nicht, sage ich.

Mädchen, sagt sie nur und ich weiß, sie wird zu mir kommen. Heute geschlossen, wird sie auf ein Stück Pappe schreiben, die Pappe an die Tür hängen und dann wird sie kommen.

Ich überlege, ob ich zum See hinauslaufen soll, zum Hof. Dahin, wo dieses Kind hingehört. Wo es hergekommen ist.

Aber ein bisschen vernünftig bin ich dann doch. Noch vernünftiger wäre, ins Krankenhaus zu fahren, aber hier bleibe ich und warte auf Marianne. Das ist kein Junge fürs Krankenhaus.

Ich öffne die Haustür, da kommt die nächste Wehe. Ich schreie und auf einmal steht die alte Radbergerin vor ihrer Tür, im Nachthemd und Bademantel, und da steht sie auch noch, als Marianne angefahren kommt.

Die Thea, ruft Marianne der Radbergerin zu, als sie mich an der Tür stehen sieht. Ruf die Thea an und den Rössler.

Marianne macht Wasser warm, holt Handtücher und Bettlaken und redet mir gut zu, aber ich höre nichts, will nichts mehr hören, ich umschließe den schwarzen Stein mit meiner Hand, drücke ihn so fest, dass ich am Ende blaue Flecken haben werde.

Thea kommt, die Hebamme, auch sie sagt Dinge zu mir, aber ich höre nichts mehr, will nichts mehr hören, atmen solle ich, ruft sie mir zu, ich will auch nicht mehr atmen, will gar nichts mehr, will nur noch den Stein in den See werfen und mich hinterher, die Wasseroberfläche sprengen, mich tiefer sinken lassen, immer tiefer in die Dunkelheit, ins Nichts hinein.

Karolina!, rufen sie. Atmen, du musst atmen!

Ich muss gar nichts, denke ich und lasse mich noch tiefer sinken.

Dann ist er da. Alles dran, sagt Thea und legt ihn mir auf die Brust. Da liegt er und schon wieder kann ich nicht atmen. Er sieht mich an, mit himmelblauen Augen.

Und wer bist du?, denke ich.

Als Doktor Rössler kommt, untersucht er erst mich, dann den Kleinen.

Alles in Ordnung, sagt er, das haben Sie gut gemacht, Karolina.

Thea sagt, dass ich den Kleinen anlegen soll, aber ich will nicht. Nein, sage ich und Marianne hat auch an diese Möglichkeit gedacht, wie sie an alles gedacht hat. Sie geht in die Küche und bringt wenig später ein Fläschchen. Ich will nicht, aber wer soll es sonst tun, also gebe ich ihm die Flasche und er sieht mich an und trinkt.

Wie soll er denn heißen?, fragt Doktor Rössler, der sich jetzt daran macht, Formulare auszufüllen.

Johannes, sage ich, Johannes soll er heißen.

Thea fällt etwas herunter und alle starren mich an.

Das kannst du nicht machen, sagt Marianne. Das geht nicht.

Johannes kommt von João, sage ich.

Sein Großvater hieß Johann, sagt sie.

Ja und?, denke ich.

Manches ist unausweichlich, sage ich und denke an Edgar.

Vater des Kindes?, fragt Rössler und wieder starren mich alle an.

Jetzt bin ich es, die den Kopf schüttelt. Er wird keinen haben, sage ich.

Thea schnaubt, Rössler seufzt und Marianne sagt ihm, was er hinschreiben soll.

Und sein Wille geschehe.

Karolina

Ich fahre mit dem Kinderwagen zum Friedhof, stehe an Edgars Grab. Wo seine Schwester wohl begraben liegt, frage ich mich. Johann und Johanna, es könnte ein Märchen sein, wüsste man es nicht besser.

Ich weiß es nicht besser. Aber wenn es ein Märchen war, dann eins von denen, die man heutzutage beim Vorlesen lieber überblättert.

Die Meisner Lore kommt durch das Tor und geht ein paar Reihen weiter zum Grab ihres Schwiegervaters. Sie schaut her, sie schaut wieder weg, klaubt ein paar Blätter auf, zündet eine neue Kerze an und hat es eilig, wieder fortzukommen.

Ich setze mich auf die Bank unter der alten Eibe, habe keine Eile, weiß, er wird kommen.

Er kommt, sage ich zum Kleinen. Der Kleine ist wach, immer ist er wach, nie schläft er, seine himmelblauen Augen sehen mich an, immerzu, aber jetzt nicht, jetzt sieht er zur Seite, dorthin, wo jemand über den Kies läuft. Dann steht Sam neben uns und die beiden sehen sich an und etwas passiert.

Dein Sohn, sage ich, als wüsste er das nicht. Johannes Rehberger.

Kra, ruft eine Krähe vom Kirchturm herunter und warum fällt mir jetzt der Toni ein, damals, als er mir das Traktorfahren beibringen wollte, ausgerechnet am steilsten Hang vom ganzen Ort.

Die Hauptsach is, du deafst di nix scheißen, hat er gesagt.

Vielleicht fällt es mir ein, weil auf der Hauptstraße hinter der Friedhofsmauer ein Traktor heranknattert. Aber vielleicht auch nur deshalb, weil um mich herum die Luft gefriert.

Der Kleine lächelt, er ist gerade mal zwei Wochen alt, es kann nicht sein, dass er lächelt, zwei Wochen alte Babys lächeln nicht. Aber er tut es eben doch. Und schon ist Sam wieder fort, ich hoffe, er trifft niemanden auf dem Weg zum See, ich hoffe, er hat kein Messer dabei.

Ilse Georg, Arzthelferin, Moosbruck

Er kam vom Friedhof, das Tor fiel hinter ihm zu und HeiligeMariaMutterGottes habe ich gedacht, als ich zur Seite gesprungen bin, er hat mich nicht gesehen, gar nichts schien er zu sehen, auch nicht den Toni, der eben die Straße hochfährt und eine Vollbremsung hinlegt, als der Junge, ohne sich umzusehen, die Straße überquert.

Der Toni sieht mich von seinem Traktor herunter an, als wolle er mich fragen, was los sei. Aber was weiß denn ich? Nichts weiß ich, nur, dass es besser ist, jetzt nach Hause zu gehen und die Türen zu verschließen, ganz fest. Genau das tue ich dann auch, ich gehe nach Hause. Doch ehe ich um die Ecke bin, höre ich das Friedhofstor noch einmal zufallen. Ich drehe mich um und natürlich kommt die Karolina heraus. Mit dem Kinderwagen.

Du denkst, du hast vor nichts mehr Angst. Vor was sollst du denn jetzt noch Angst haben?

Sie sagen, alle Babys hätten blaue Augen, es verliere sich mit der Zeit.

Seine werden blau bleiben, du weißt es.

Karolina

Als ich die Tür öffne, steht eine ausgewaschene Version von Sam davor. Die gleichen dunklen Augen und doch ganz anders. Dort eine Dunkelheit, vor der du gleichzeitig fliehen und dich hineinwerfen willst. Und hier? Weniger als nichts ist in diesen Augen.

Du wusstest nicht mal, dass es mich gibt, stellt er fest.

Aber du, denke ich. Du weißt, wer ich bin.

Willkommen in der Familie, sagt er.

Familie.

Rafael, sagt er und streckt mir die Hand entgegen, Rafael Weidenkamp, Zwillingsbruder.

Ich suche noch immer in seinen Augen. Dort muss doch etwas zu finden sein.

Herzlichen Glückwunsch, sagt er und lächelt. Und da, in diesem Lächeln finde ich tatsächlich etwas, einen Schimmer, einen matten Abglanz.

Darf ich ihn sehen?, fragt er. Meinen Neffen?

Nein, sage ich und staune selbst über diese Antwort. Er zieht eine Augenbraue hoch. Wartet. Warten kann er. Warten können sie anscheinend alle in dieser Familie.

Ich bin sein Onkel, sagt er.

Ja und?, denke ich, trete dann aber doch zur Seite. Und er kommt herein und der Kleine liegt im Stubenwagen in der Küche. Er ist wach, natürlich ist er wach. Nie schläft er. Seine himmelblauen Augen sind offen, immerzu. Die Augen, von denen alle erzählen. Wie beim Johann, sagen sie. Wollen lieber nicht hinschauen, tun es dann aber doch. JesusMariaUndJosef.

Jetzt sehen die himmelblauen Augen den Onkel an.

Es stimmt also tatsächlich, sagt der.

Was?, denke ich.

Wie heißt er?, fragt er.

Ach, das weißt du also noch nicht?, denke ich. Johannes Rehberger, sage ich.

Rafaels Kopf fährt zu mir herum. Johannes? Und er fängt an zu lachen.

Was macht er überhaupt hier?, denke ich.

Gehen Sie, sage ich und er sieht noch einmal zu dem Kleinen, reibt sich die Augen und schüttelt dann den Kopf.

Johannes, wiederholt er leise. Der Kleine sieht ihn an und lächelt. Und sein Onkel, er weicht einen Schritt zurück.

Noch einmal schüttelt er den Kopf, dann zieht er einen hellblauen Umschlag aus dem Jackett heraus. Den kenne ich, denke ich. Von denen hat Marianne einen ganzen Vorrat in der Schublade, erst kürzlich hat sie einen davon herausgeholt für die Maria, die Enkelin von der Kehringerin.

Hurra, ein Junge!, wird auf der Karte stehen, umrahmt von blauweißen Wölkchen.

Hurra, denke ich.

Herzlichen Glückwunsch, sagt er und streckt mir den Umschlag entgegen.

Herzlichen Glückwunsch. Er ist der Erste, von dem ich das höre. Der Junge ist drei Wochen alt und nicht einer hat mir gratuliert.

Den Umschlag nehme ich trotzdem nicht. Den können Sie ihrem Bruder geben, sage ich.

Er lächelt nur.

Du sitzt auf der Bank vor dem Haus, als das Auto kommt.

Die Krähen werfen Nüsse vors Auto. Die ganze Zeit schon haben sie Nüsse geworfen, sie haben gewusst, dass ein Auto kommen wird. Hättest du ihnen mal besser zugehört.

Krack, machen die Nüsse, als sie unter den Reifen platzen.

Dein Bruder steigt aus.

Johannes, sagt er und lacht. Scheiße, Sam.

Du sagst nichts. Was sollst du auch sagen?

Du wirst ihm die Hütte zeigen, sagt er.

Was für eine Hütte?, fragst du. Es gibt keine Hütte.

Er schüttelt den Kopf und lächelt. Hast du es mal wieder geschafft, sagt er. Alles richtig zu machen, nach seinem Willen.

Du siehst ihn an, kra, rufen die Krähen und du weißt, es wird noch ein Auto kommen, der Schnösel aus München wird aussteigen und es wird dir nicht gefallen, was er zu sagen hat.

Du denkst an das Kind, an seine Augen, blau wie ein Sommerhimmel. Aus einem Holz geschnitzt. Damit du es lernst, mein Junge, ich werde dir alles zeigen, was du wissen musst. Wer du bist (mein Fleisch und Blut). Was du aushältst. Wie man überlebt.

Babumm, babumm, noch ein Herz, das schlägt. Wird es denn niemals aufhören?

Dein Bruder wirft dir einen Umschlag vor die Füße. Herzlichen Glückwunsch, sagt er, steigt wieder ins Auto und fährt noch ein paar Nüsse tot.

Karolina

Schon wieder steht einer im Anzug vor der Tür, ein gelackter Schnösel mit einem dicken Auto.

Karolina Rehberger?, fragt er und kommt mir vage bekannt vor.

Wer sind Sie?, frage ich.

Ferdinand von Heisenberg, sagt er. Von der Kanzlei Heisenberg und Söhne, München.

Er sieht mich an, abwartend, als müsse mir das etwas sagen.

Darf ich reinkommen?, fragt er, als ich nicht reagiere.

Nein, denke ich, trete aber dennoch zur Seite.

Darf ich?, fragt der Anzug, als wir in der Küche ankommen, in der der Kleine natürlich wach ist und aus seinem Stubenwagen herausschaut. Darf ich?, fragt er wieder und betrachtet den Kleinen. Nickt, als wären alle Fragen beantwortet.

Darf ich?, fragt er noch einmal, dabei sitzt er längst am Tisch und breitet Unterlagen aus.

Da fällt es mir ein.

Sie haben die Beerdigung bezahlt, sage ich. Edgars Beerdigung.

Im Auftrag unseres Mandanten, sagt er, ohne von den Dokumenten aufzusehen.

Und wer ist das, ihr Mandant?, frage ich, dabei weiß ich die Antwort längst.

Er sieht auf. Johann Weidenkamp, sagt er und nickt zu dem Kleinen hinüber. Sein Urgroßvater.

Zum ersten Mal denke ich, dass sie Recht gehabt haben. Dass es vielleicht doch ein Fehler gewesen ist, ihm diesen Namen zu geben.

Tags darauf kommt Marianne vorbei, stellt einen Topf Suppe auf den Herd, sieht mich an und wartet darauf, dass ich ihr von dem Anzug aus München erzähle.

Und ich weiß, ich müsste mit ihr reden, mit wem sonst, wenn nicht mit ihr? Aber ich kann nicht.

Ich packe den Kleinen in den Kinderwagen und laufe zum Hof. Dein Hof, sage ich zu ihm und er lächelt.

Ich setze mich auf die Bank, höre Sam Holz hacken. Dass es immer noch Holz gibt, das er hacken kann.

Ich warte, wir warten und schließlich kommt er. Steht da und sieht mich an.

Ein von Heisenberg war bei mir, sage ich. Der Kleine erbt den Hof und ein Vermögen dazu. Ein ziemlich unbegreifliches Vermögen.

Ich sehe ihn an und er mich. Hast du es gewusst?, frage ich, während ich in seine Augen hineinfalle. Blöde Frage, denke ich, natürlich hat er es gewusst. Sogar ich habe es gewusst, irgendwie. Als ich ihn das erste Mal gesehen habe, als ich dachte, ich stünde auf einem zugefrorenen See und er die Axt in der Hand.

Er ist jetzt ein reicher kleiner Junge, sage ich. Und wir können nichts dagegen tun, der Anwalt sagt, er sei derjenige, der das zu entscheiden habe.

Karolina

Als er kommt, läuft das Radio. Andauernd läuft das Radio, ich halte die Stille nicht mehr aus. Ich halte gar nichts mehr aus.

Promise me, you'll wait for me, spielen sie im Radio, ausgerechnet. Auch das Radio ist nicht mehr auszuhalten.

Das Auto, sagt er. Ich brauche nochmal dein Auto. Und ihn nehme ich mit. Er nickt zu dem Kleinen hinüber.

Nein, denke ich. Ja, denke ich.

Ich muss es ihm zeigen, sagt er.

Und ich weiß, ich sollte es nicht zulassen, ich sollte den Kleinen nicht mit ihm alleine lassen, schon gar nicht, wenn er –, es ist nicht richtig, aber ich packe ihn in einen warmen Anzug, immerhin das, lege ihn in den Kindersitz und dann sehe ich zu, wie sie davonfahren.

Kommst du wieder?, frage ich, da sind die Rücklichter des Autos schon längst nicht mehr zu sehen.

Ich ziehe mich warm an und gehe hinaus. Es riecht nach Schnee, ist wieder kälter geworden. Ich hätte ihm noch eine Decke mitgeben sollen, denke ich. Und ein Fläschchen.

Am Forellenteich bleibe ich stehen. Unter dem orangefarbenen Schein der Laterne stehen die schwarzen Leiber der Fische still im Wasser. Als seien sie tot. Aber wären sie tot, würden sie bauchoben fortgetrieben werden. Nein, sie leben, sie widerstehen.

Ob es das ist, was man tut?, frage ich mich. In der Dunkelheit des Sees?

Wieder fährst du in den toten Wald. Jetzt bist du derjenige am Steuer. Jetzt bist du derjenige –

Er sieht dich an mit seinen sommerblauen Augen.

Da ist es, sagst du.

Du öffnest die Autofenster und fährst hinein in die Dunkelheit, die Stille. Es wird schon wieder kälter, denkst du.

Kälte ist gut, sagst du. Im Sommer stinkt es noch lauter nach totem Schwein, im Sommer setzt sich der schwarze Schlick mit jedem Atemzug in dir fest, kriecht in dich hinein wie ein Schwarm Kriebelmücken. Geht nie mehr weg.

Komm, lockt der Wald, komm. Der schwarze Schlamm, die Hütte, das Loch. Komm zu mir, sagen sie.

Und er lächelt, der Junge lächelt.

Da hast du ihn, denkst du, da ist er, dein Erbe, alles, was du wolltest, schon wieder hast du es bekommen. Von mir. Aus einem Holz sind wir geschnitzt, ein Fleisch und Blut.

Du hältst vor der Hütte.

Hier, sagst du, mit seiner Stimme sagst du es, du bist jetzt derjenige, der –

Hier kommen wir her, hier sind wir zu Hause, hier werden wir gemacht.

Du öffnest die Tür. Gehst in die Hütte hinein, am toten Wolf vorbei, bürstest im Vorübergehen Staub von seinem borstigen Fell.

Du öffnest die Tür in die Stube, in die Dunkelheit. Die Messer, denkst du, ich muss dem Jungen die Messer –

Später. Jetzt öffnest du die Tür in den Keller, ins Loch. Starrst hinunter ins Nichts.

Du hörst ihn lachen, den Alten, aber vielleicht ist es auch das Kind im Auto.

Und vielleicht ist es auch ganz still um dich herum, vielleicht ist alles, was du hörst, nur in dir und nirgends sonst.

Vielleicht ist es an der Zeit aufzuräumen.

Als du gehst, lässt du die Messer hängen und die Türen weit offenstehen. Hau ab, sagst du zum toten Wolf, als du vorübergehst. Na los, worauf wartest du noch? Es ist an der Zeit.

Er starrt dich an.

Der Kleine im Auto, er lacht und du willst ihn in den Brunnentrog werfen und in den Keller und die Messer schärfen, so scharf, dass es endlich genug ist, dass es endlich reicht.

Da hast du ihn, deinen Erben, willst du dem Alten sagen. Und jetzt lass mich gehen.

Und vielleicht würdest du es tun. Aber du kommst nicht davon, niemals, du weißt es. Also bringst du den Kleinen zurück nach Hause. Zu ihr.

Karolina

Als ich zurückkomme, steht das Auto wieder da, mit Sam darin. Der Kleine noch immer im Kindersitz, die Augen geschlossen.

Du hast ihn umgebracht, sage ich.

Sam sieht erst ihn an, dann mich. Er schläft doch nur, sagt er.

Er schläft nie, sage ich, aber als wolle er Sam bestätigen, macht der Kleine einen tiefen Schnaufer, sein Brustkorb hebt und senkt sich.

Und jetzt?, frage ich.

Später, viel später liege ich im Bett, hellwach. Sam ist längst gegangen und der Kleine liegt ebenfalls in seinem Bett, schlafen sollten wir, alle beide und vielleicht habe ich auch geschlafen, aber jetzt nicht mehr. Ich lausche in die Nacht hinein und weiß, es ist etwas passiert.

Langsam, zögerlich stehe ich auf und gehe in Omis altes Zimmer, das Zimmer des Kleinen. Dunkel ist es dort und still. Zu still. Ich lausche in die Stille hinein und da ist nichts, gar nichts. Er kann doch unmöglich so lange den Atem anhalten. Meine Finger verharren über dem Lichtschalter – ich will nicht, aber ich muss. Das Licht geht an, ich blinzle und der Kleine, er hat die Augen geschlossen, lächelt noch immer, aber er atmet nicht mehr. Blass ist er und ein bisschen sieht es so aus, als hätte sich das helle Blau seiner Augen über das ganze Gesicht ausgebreitet.

Bist du noch da?, frage ich und gehe zu ihm. Seine Haut so kalt und kein Puls. Ich halte den Atem an und warte, dass er wieder auftaucht, nach oben kommt, Luft holt.

Aber er kommt nicht mehr und ich weiß es.

Ich bin es schließlich, die nach Luft schnappt, zum Telefon hinunterrennt, 112. Mein Kind atmet nicht mehr, sage ich und denke, ich müsste doch etwas tun, Herzdruckmassage, beatmen, aber ich kann nicht, kann ihn noch nicht einmal hochnehmen, kann ihn nur ansehen und er lächelt, immer noch. Wie kann das sein? Ich muss die Haustür öffnen, denke ich, damit sie hereinkönnen; und ich gehe und öffne sie, drüben öffnet auch der Radberger Fred seine Haustür, um die Zeitung zu holen, alles ist wie immer, aber dann doch nicht, auf der Schwelle bleibt er stehen. Was ist das für ein Geräusch?, fragt er sich. Es ist der Krankenwagen, er kommt näher, die Sirene wird lauter und immer lauter, schon ist er da, vor meiner Tür, aber es ist zu spät.

Oben, sage ich und sie laufen die Treppe hinauf. Ich gehe hinterher, ganz langsam, will nicht ankommen, aber dann bin ich doch da und finde sie über das Bett gebeugt, zwei Rettungssanitäter und die Notärztin. Sie haben ihn ausgezogen und untersucht, jetzt sehen sie sich an. Sind nun auch ganz still und trotzdem ist ein Kopfschütteln im Raum.

Zu spät, sagt jemand. Ich bin das, ich habe es gesagt, sie schauen mich an.

Es tut mir leid, sagt die Notärztin. Ihr Kind ist tot. Wir können nichts mehr tun.

Ich weiß, denke ich. Ich weiß. Und dann sinke ich am Türrahmen herunter und sie kommt zu mir, geht neben mir in die Knie und greift nach meiner Hand, hält sie einen Moment.

Ob sie jemanden anrufen könne, fragt sie nach einer Weile. Ob ich jemanden bei mir haben wolle?

João, denke ich und fange an zu weinen, lautlos laufen die Tränen über meine Wangen.

João, wiederholt sie. Und wie könne sie ihn erreichen?

Er ist tot, sage ich.

Ja, sagt sie und drückt erneut meine Hand. Ihr Sohn ist tot.

Und ich weine wieder und Nein, sage ich, denn ich will niemanden hier haben.

Der Vater, sagt einer der Rettungssanitäter, sollen wir den Vater des Kindes benachrichtigen?

Der wird kommen, denke ich.

Die Notärztin hält noch immer meine Hand, sagt, sie müsse die Polizei rufen, es täte ihr leid, aber das wäre so üblich, vorgeschrieben in diesem Fall, bei ungeklärter Todesursache.

Ungeklärte Todesursache, denke ich.

Ungeklärt heiße einfach nur, dass man es nicht sicher feststellen könne, fährt sie fort, jedenfalls nicht hier vor Ort. Vermutlich plötzlicher Kindstod, aber es könne auch ein angeborener Herzfehler gewesen sein oder eine Infektion.

Angeborener Herzfehler, denke ich.

Sie können nichts dafür, sagt sie. Sie hätten es nicht verhindern können.

Doch, denke ich.

Und sie: Man könne die Todesursache nur anhand einer Obduktion feststellen. Das könne manchmal eine Hilfe sein, für die Eltern, für mich, weil es dann eine Erklärung gebe.

Eine Erklärung, denke ich. Die will ich hören.

Und plötzlich raffe ich mich auf. Stehe auf, putze meine Nase, mein Gesicht und frage, ob jemand einen Kaffee möchte. Und sie sehen mich an, sehen sich an und sagen nichts. Ich gehe in die Küche hinunter, schalte die Kaffeemaschine ein, sie rumpelt vor sich hin, während ich ans Fenster gehe und meinen Stein in die Hand nehme, warm ist er.

Gärtners Karte liegt ebenfalls auf dem Fensterbrett. Da, sage ich zu dem Rettungssanitäter, der mir gefolgt ist. Da können Sie anrufen.

Er sieht mich an und weiß nicht, was er sagen, was er tun soll, ist viel zu jung, ist selbst noch ein Kind. Die Karte gefällt ihm, er greift nach ihr, nun hat er etwas zu tun, aber jemand wird den Anruf entgegennehmen und was dann.

Ich sitze mit meinem Kaffee am Tisch, noch immer halte ich den Stein fest umschlossen, als die Polizisten kommen. Der Sebi kommt, Sebastian Keller, ein Freund von Toni, er schaut in die Küche. Karolina, sagt er und Oben, sage ich, sie sind oben.

Ich muss nach draußen, frische Luft schnappen, draußen steht schon wieder oder noch immer der Radberger Fred. Was ist denn los?, will er fragen, tut es aber nicht. Ich will mich davonstehlen, im See untergehen, doch es kommt schon wieder ein Auto, noch einer, der hierher will, er steigt aus, streckt mir die Hand entgegen. Stefan Paulus, stellt er sich vor. Notfallseelsorger.

Wollen Sie einen Kaffee?, frage ich. Eigentlich will er keinen, aber er sagt trotzdem Ja, damit ich etwas zu tun habe und er auch.

Wir gehen zurück in die Küche, alle sind sie auf einmal in der Küche. Das ist schön, wenn die Küche voll ist, hat Omi immer gesagt, aber so hat sie es nicht gemeint.

Karolina, sagt der Sebi und dass es ihm leid täte, mehr noch, weil er Fragen stellen müsse, als Anwalt des Kindes und dann muss ich fast lachen, Anwalt des Kindes, ausgerechnet der Sebi. Was redet er da? Er fragt, wann ich ihn schlafen gelegt, wann ich das letzte Mal nach ihm gesehen hätte und ob mir etwas aufgefallen sei.

Ich denke noch über die Antworten nach, als Sam plötzlich an der Küchentür steht.

Und Sie sind?, fragt die Kollegin vom Sebi.

Der Vater, sagt Sebi und sieht mich an, als müsse er sich rückversichern.

Der Pfarrer rührt sich als Erster. Mein Beileid, sagt er und streckt Sam die Hand hin, aber Sam sieht ihn gar nicht, sieht nur mich.

Er ist tot, sage ich, er ist wirklich tot. Und Sam dreht sich um und geht die Treppe hinauf. Ich gehe ihm nach, hinter meinem

Rücken wechseln sie Blicke. Lassen wir sie Abschied nehmen, höre ich jemanden sagen.

Sam steht in Omis Zimmer, noch immer ist das Licht an, obwohl es draußen längst hell geworden ist. Sie haben ihn wieder zugedeckt, der Kleine liegt da und sieht aus, als schlafe er, dabei schläft er doch nie. Liegt da und lächelt, dabei lächeln sie nicht, nicht in diesem Alter.

Ich stehe neben Sam und es fühlt sich an, als ginge auch in ihm etwas fort, als würde etwas gleichzeitig leichter und schwerer.

Sam, sage ich und er sieht mich an. Es ist hell, aber nicht hell genug, um in seinen Augen zu lesen. Dazu wird es wohl niemals hell genug sein.

Die Notärztin kommt zu uns herauf. Sie können ihn gern in den Arm nehmen, sagt sie.

Nein, denke ich, aber Sam geht zu ihm, zieht die Decke weg und hebt ihn hoch, zum ersten Mal hat er seinen Sohn in den Armen und sein Sohn ist tot. Er sieht ihn an und ich habe den Eindruck, er redet mit ihm, erzählt ihm etwas, im stummen Zwiegespräch, genauso wie Edgar mit den Krähen gesprochen hat.

Und vielleicht bekommt er eine Antwort, denn er legt den Kleinen wieder zurück und deckt ihn zu. Leb wohl, sagt er, dann kommt er zu mir, nimmt meine Hand, zum ersten Mal nimmt er meine Hand, seine ist kalt, natürlich ist sie das. Er sieht mich an, in seinen Augen ist jetzt doch etwas zu lesen, all die Abschiedsworte, die er nie sagen wird.

Das war es dann wohl, denke ich.

Und wir gehen wieder hinunter, lassen die Küche links liegen, gehen zur Tür hinaus, jetzt steht Helene drüben bei Radbergers an der Tür. Was ist denn nur los?, will sie fragen, aber Sam steht neben mir und schon geht ihre Tür wieder zu.

Sie wird Marianne anrufen, denke ich.

Sam lässt meine Hand los. Karolina, sagt er.

Sam Krähenjunge, denke ich und gehe zurück in die Küche.

Dort beantworte ich Sebis Fragen und noch einmal sagen alle, wie leid es ihnen täte und dass niemand schuld sei, am allerwenigsten ich. Sebi sagt, er würde jetzt den Bestatter anrufen, ob das in Ordnung gehe oder ob ich mich noch verabschieden wolle.

Ruf an, sage ich.

Und es klopft und schon wieder steht einer in der Küche, Gärtner. Er sagt nichts, sucht nur nach meinem Blick, aber den will ich ihm nicht geben.

Wer sind sie?, fragt Sebis Kollegin.

Kriminalpolizei, antwortet Sebi und Gärtner zeigt der Kollegin seinen Ausweis.

Herr Weiland hat mich angerufen, sagt er und alle sehen zu dem jungen Rettungssanitäter, der sogleich zu einer Erklärung ansetzt.

Er ist tot, unterbreche ich ihn. Der Kleine ist tot.

Gärtner sieht mich an und setzt sich zu mir, der Nächste, der nach meiner Hand greift. Seine ist warm. Wir sitzen, bis sich jemand räuspert.

Frau Rehberger, sagt Gärtner leise und sieht mich an.

Sam hat ihn mit in den Wald genommen, will ich sagen, aber stattdessen erzähle ich ihm das Gleiche wie Sebi vorhin.

Darf ich zu ihm?, fragt er mich und ich nicke.

Er geht die Treppe hinauf, alle gehen sie die Treppe hinauf, nur der junge Sanitäter und der Pfarrer bleiben bei mir in der Küche.

Schon wieder kommt einer. Der Bestatter. Mein Beileid, sagt er, während der Sanitäter aufspringt. Ich zeige Ihnen den Weg, sagt er.

Gehen Sie nach Hause, sage ich zum Pfarrer und wünsche mir ein Haus für mich allein.

Sind Sie sicher?, fragt er und dass er auch einfach nur mit mir hier sitzen könne, in der Stille.

Welche Stille, denke ich und sage ihm noch einmal, dass er gehen soll.

Und wirklich, er steht auf. Aber dann bleibt er an der Tür stehen und statt zur Haustür hinauszugehen, folgt er den anderen nach oben.

Ich sitze in der Küche, allein, endlich allein, zumindest in der Küche. Vor mir der Kaffee, der längst kalt geworden ist.

Mädchen, sagt jemand und das war es dann schon wieder mit dem Alleinsein. Marianne ist da, zieht einen Stuhl neben meinen und setzt sich. Mädchen, wiederholt sie und legt mir einen Arm um die Schultern.

Er ist tot, sage ich und sie nickt.

Vielleicht ist es das Beste, denkt sie und wir sehen zur Tür, an der die beiden Bestatter gerade vorbeigehen mit einer Trage zwischen sich.

Dann, endlich, lassen sie mich allein. Zuerst verabschiedet sich der Pfarrer, dann das Rettungsteam und die Notärztin, sie lässt mir eine Karte da und eine Broschüre, Elterninitiative Plötzlicher Säuglingstod.

Der Sebi und seine Kollegin haben auch Broschüren und sie erzählen mir, oder vielleicht erzählen sie es auch Marianne, wie es jetzt weitergeht, dass die Staatsanwältin über die Notwendigkeit einer Obduktion entscheiden wird, dass ich das auch selbst veranlassen könne, so eine Obduktion, wegen der Erklärung, als Hilfe, weil ich dann wüsste –

An der Stelle unterbricht sich der Sebi und teilt noch mehr Infoblätter aus. Adressen von der Gerichtsmedizin, Ansprechpartner, einen Bestatter müsse ich auch beauftragen, der die Lei –, wieder unterbricht er sich, der das Kind abholt, sobald die Gerichtsmedizin ihr O. K. gibt.

Dann fahren auch sie. Ich gehe mit ihnen zur Tür, sehe dem Auto hinterher. Endlich ist es still oder so gut wie. Marianne scheppert mit dem Geschirr, die Vögel starten ihr Morgenkonzert, aus der Ferne läuten Kirchenglocken, aber in mir ist nur noch Stille.

Plötzlich steht Gärtner neben mir.

Er hat ihn mit in den Wald genommen, sage ich, als die Kirchenglocken verklingen. Er hat den Kleinen mit in den Wald genommen.

Noch einmal greift Gärtner nach meiner Hand.

Gärtner

Dann finde ich ihn doch wieder, den Wald. Und in ihm eine Hütte. Die Hütte ist zu klein für alles, was sie beherbergt, dabei ist da gar nicht viel, ein ausgestopfter Wolf, eine Stube voller Messer, unfassbar viele Messer und ein Loch im Boden, eine Falltür, sie steht offen, alle Türen stehen offen, wie eine Einladung. Oder eine Falle? Es riecht komisch und ich weiß, ich sollte nicht hier sein, nicht allein, aber dann mache ich doch einen Schritt nach vorn, leuchte mit der Taschenlampe nach unten, der kleine Leuchtkegel zeigt mir, dass ich rein gar nichts sehe, es ist immer noch viel zu dunkel, in diesem ganzen verdammten Wald hat irgendeiner das Licht ausgeknipst und Luft zum Atmen, die gibt es auch nicht.

Als ich wieder hinausfahre und den Wald hinter mir lasse, da weiß ich, wie die Dunkelheit in seine Augen gekommen ist.

Ich versuche, herauszufinden, wem der Wald gehört. Telefoniere, frage, lese Grundbucheinträge, stoße auf den Namen Alwin Rupertinger. Tot ist er, dieser Rupertinger, schon über achtzig Jahre lang. Auch seine Frau Hildegard ist längst verstorben. Einen Sohn gibt es noch, Erwin Rupertinger, bei ihm verliert sich die Spur, er ist nirgends gemeldet, auch sein Sterben nicht, falls er denn tot ist.

Ich suche nach Verbindungen zu den Weidenkamps, den Rehbergers, aber entweder es gibt keine oder ich finde sie nicht.

Lass gut sein, sagt Marlene.

Wenn es so einfach wäre.

Karolina

Der Anzug ist wieder da. Mein Beileid, sagt er. Und dass wir, Sam und ich, jetzt die rechtmäßigen Erben seien. Nach dem Tod des Kleinen.

Ich will aber nicht, sage ich. Ich will dieses Erbe nicht.

Er sieht mich an, als hätte ich sie nicht mehr alle. Einskommaacht Millionen, sagt er. Plus die Grundstücke.

Ich will es nicht, wiederhole ich.

Nun, sagt er und dass ich sechs Wochen Zeit hätte, mir alles in Ruhe zu überlegen. Ob ich mir die Unterlagen überhaupt angesehen hätte?

Ich will es nicht, sage ich.

Nun, wiederholt er und sieht ziemlich ratlos aus. Natürlich können Sie das Erbe ausschlagen. Ich wüsste nicht, warum Sie das tun sollten, aber natürlich können Sie es ausschlagen.

Ja, sage ich. Das tue ich.

Dazu müssen Sie zum Nachlassgericht, sagt er.

Ja, sage ich.

Dafür wird eine Gebühr veranschlagt, sagt er.

Dann bezahle ich die.

Die Gebühr, sagt er, richtet sich nach dem Wert des Nachlasses. In ihrem Fall, er denkt nach, nun, ich würde schätzen, um die tausend Euro.

Tausend Euro, sage ich. Weil ich ein Erbe nicht will?

Ja, bestätigt er.

Ich werde Marianne anrufen müssen.

Ich rufe Marianne an und sie kommt und bringt den Ulli mit, Ulli Lorenz, ein Spezl von ihr und Anwalt noch dazu.

Marianne räumt in der Küche herum, während ich mit dem Stein in der einen und einem Kaffee in der anderen Hand am

Küchentisch sitze und Ulli dabei zusehe, wie er in den Unterlagen blättert, die mir der Anzug dagelassen hat.

Irgendwann räuspert er sich, lehnt sich zurück und sieht von mir zu Marianne. Dann wieder zu mir.

Ein ziemlicher Batzen, sagt er.

Ich will es nicht, sage ich.

Er sieht mich an und nickt. Ich will nicht wissen, was ihm Marianne erzählt hat.

Zum Nachlassgericht müsse ich, sagt er. Innerhalb von sechs Wochen nach –, nach –

Er bricht ab. Setzt neu an. Eine Erbverzichtserklärung müsse ich dort abgeben. Oder zu einem Notar gehen, eine Ausschlagungserklärung machen. Dass der Vater des Kindes dann alleiniger Erbe sei, fügt er hinzu, ob mir das klar sei, ob ich das wolle.

Als ginge es darum, was ich will, denke ich.

Wieder eine Beerdigung. Die erste, bei der du dabei bist. Du und sie und zwei Männer vom Bestattungsinstitut.

(Und hinter den Friedhofsmauern: das ganze Dorf).

Vorhin hast du noch einmal in den Sarg hineingeschaut. Als müsstest du dich vergewissern.

Eine kurze Beerdigung ist das. Kein Pfarrer, keine Zeremonie. Den Sarg hinunterlassen, Erde darauf, fertig.

Die alten Frauen des Dorfes haben sich in der Kirche verschanzt, die Rosenkränze fest in der Hand. Herr, erlöse uns von dem Bösen.

Als wäre es so einfach, als könne man es einfach so begraben. Das Böse.

Sie steht neben dir, wirft einen Stein ins Grab, deinen Stein. Er poltert auf das Holz des Sarges, dann ist es still, so still.

Erlöse uns von dem Bösen, du hörst das Gemurmel der alten Frauen, spürst, wie sie nach ihren Rosenkränzen greifen, ganz fest daran glauben wollen, dass es möglich ist. Hinfort mit dem Bösen. Aber was, wenn es in dir ist, was dann?

Karolina

Es schneit schon wieder. Ein leiser, feiner, unaufhörlicher Schnee. Die Einfahrt hat eine weiße Decke bekommen, genau wie das Auto und Radbergers Tanne. Das Licht der Straßenlaternen leuchtet durch den Schnee und alles ist still. Niemand da, auch keiner da gewesen, der Spuren hinterlassen hat.

In ein paar Stunden wird der Radberger Fred seufzend nach der Schneeschippe greifen, die Einfahrt freiräumen, sich dann ins Auto setzen und mitsamt seiner braunen Ledertasche ins Landratsamt fahren. Wie er es immer tut, schon immer getan hat, noch ein paar Jahre lang tun wird. Die Katze wird mit ihm hinausschlüpfen, sich auf den Vorleger vor der Haustür setzen, die Pfoten schlecken und ihm zusehen. Später, wenn er die Schaufel wegstellt und Helene die Zeitung ins Haus bringt, wird sie wieder hineinschlüpfen ins Warme.

Ich ziehe mich an und gehe hinaus, ins unberührte Weiß hinein.

Wie still so ein Schnee ist.

Ich gehe durch den Wald zum See, blinzle mir Flocken aus den Wimpern.

Auch am See ist der Schnee noch unberührt. Ich stehe und warte und er kommt die Wiese herunter, ich sehe ihn nicht, höre ihn nicht, aber ich weiß, er kommt und da ist er und wir stehen nebeneinander und sehen auf den See hinaus. Jeder andere würde nach meiner Hand greifen.

Ich sehe ihn an, seine Augen so dunkel in diesem leuchtenden Hell. Er lächelt und etwas an seinem Lächeln ist anders, ganz anders und ich sehe ihn an und er mich und wir stehen noch immer.

Jetzt ist es zu Ende, sage ich.

Es ist nie zu Ende, sagt er.

Und auf einmal weiß ich, warum er sich in den Schnee gelegt hat, damals, als es viel zu früh geschneit hat, als ich noch nicht einmal wusste, wie er heißt, dieser Junge, dieser Mann.

Jetzt will ich es auch tun, mich hineinlegen ins Weiß und warten, bis der Schnee eine Decke über mich, über alles gelegt hat. Damit es endlich vorüber, damit endlich alles vorbei ist. Aber ich tue es nicht, ich gehe zurück nach Hause und schippe unsere Einfahrt frei.

Dann fahre ich zum Gericht. Erfahre, dass mir Sam zuvorgekommen ist, das Erbe ausgeschlagen hat. Jetzt bin ich die alleinige Erbin.

Ich muss mich setzen.

Der Mann hinter dem Schreibtisch reicht mir ein Glas Wasser. Ich trinke es in langsamen Schlucken, merke, wie der Mann mit jedem Schluck ungeduldiger wird, schließlich demonstrativ auf seine Uhr sieht, leise etwas von einem nächsten Termin sagt.

Was nun?, frage ich und er seufzt und erklärt mir, er könne mir gar nichts erklären, sie würden hier schließlich keine Beratung machen, dafür seien sie nicht zuständig. Dann fasst er sich doch ein Herz, sagt, dass, wenn ich das Erbe ausschlüge, der nächste in der Erbfolge an der Reihe wäre. Ob ich weitere Kinder hätte?

Nein, denke ich. Nein, das nicht. Es muss noch eine andere Lösung geben.

Wieder zu Hause rufe ich den Anzug an. Hören Sie, sage ich. Die Eltern, Sams Eltern, die Weidenkamps.

Ja?, fragt er.

Haben die kein Interesse an diesem Erbe?

Er lacht. Interesse? Sie hätten mal hören sollen, wie Herr Weidenkamp, also Hagen Weidenkamp, Samuels Vater, hier herumgeschrien hat. Wir haben ihn kaum beruhigen können.

Er kann es haben, sage ich.

Der Anzug schweigt.

Sind Sie noch dran?, frage ich.

Er räuspert sich. Ob ich mir sicher sei? Im Interesse seines Mandanten sei das nicht.

Ja und?, denke ich. Was interessiert mich dein Mandant?

Ganz sicher, sage ich und ob er das regeln könne. So, dass ich möglichst wenig damit zu tun habe.

Und Sie sind sich wirklich sicher?, fragt er schon wieder.

Ganz sicher, sage ich.

Wenn Sie es einmal verschenkt haben, sagt er, dann haben Sie kaum eine Möglichkeit, es noch einmal zurückzufordern.

Zurückfordern, denke ich. Als ob.

Noch einmal warst du im See, noch einmal gehst du die Wiese hinauf. Hinein in die Stube, dort greifst du nach einem Handtuch, trocknest dich ab, ziehst dich an und weißt, jetzt ist es an der Zeit.

Du öffnest die Ofentür.

Es ist ganz leicht, hörst du das Mädchen sagen.

Als Nächstes stapelst du Späne und Scheite um die Kartons herum. Greifst nach einem Streichholz und hältst einen Moment inne, bevor du es anzündest und an die Zeitung hältst. Die Flamme greift sofort über.

Ganz einfach, sagst du und siehst dem Feuer zu, wie es vom Ofen Besitz ergreift. Die kleinen Scheite glimmen schon, wehren sich zuerst noch, aber dann brennen auch sie, leuchten und flackern in die Stube hinein.

Ich wusste, du schaffst es, sagt das Mädchen.

Was?, denkst du.

Mach's gut, Sam Krähenjunge, sagt sie.

Du füllst den Kessel mit frischem Wasser und stellst ihn auf den Ofen. Auf den Tisch stellst du eine Tasse, legst ein Bündel Kräuter daneben. Du weißt, welche.

Wie warm es jetzt schon in der Stube ist.

Bevor du hinausgehst, legst du noch zwei Scheite aufs Feuer.

Vom See zieht die Dunkelheit der Nacht heran, doch hinter den Nussbäumen leuchtet ein letzter heller Streifen am Horizont.

Dorthin gehst du und du drehst dich nicht mehr um.

Kra, rufen die Krähen von den Nussbäumen herunter, kra.

Als du an ihnen vorüber bist, fliegen sie auf. Eine nach der anderen folgt dir nach.

Karolina

Sie sagen, der See sei zugefroren.

Das hat es noch nie gegeben.

Und wie kann es das jetzt geben? Die ersten Schneeglöckchen sind schon da, sogar schon ein paar Krokusse und ausgerechnet jetzt friert der See zu, das kann nicht sein, aber es ist so.

Als wir über Mittag zusperren, sieht Marianne mich an. Nun geh schon, sagt sie und dass sie ohne mich zurechtkommen wird.

Und ich gehe.

Zuerst zum Hof. Ich setze mich auf die Bank, sitze und schaue. Etwas fehlt. Die Krähen sind fort, denke ich.

Dann reißen die Wolken auf, ein Sonnenstrahl trifft mich und ich bilde mir ein, hinter dem Schnee den Frühling zu riechen. Ich rieche und rieche noch einmal, da ist wirklich etwas in der Luft. Der Geruch eines Holzfeuers.

Nein, denke ich. Nein.

Einen Moment bleibe ich noch sitzen, wehre mich gegen den Drang aufzustehen und nachzuschauen. Dabei weiß ich es doch längst.

Schließlich gehe ich hinein in die Stube, und tatsächlich, das Feuer brennt. Auf dem Tisch steht eine Tasse, ein Bündel Kräuter daneben, Edgars Kräuter, ich nehme sie in die Hand, reibe sie zwischen den Fingern. Als mir die Tränen kommen, gehe ich hinaus, renne die Wiese hinunter zum See und wirklich, er ist zugefroren, eine glitzernde, funkelnde Eisschicht verschließt das Wasser.

Er ist fort, denke ich.

Und es fängt an zu schneien, ganz leicht erst, aber schnell werden die Flocken dichter. Eine nach der anderen legt sich aufs Eis; sie breiten eine Decke aus, über dem Eis, über allem.

Der Vorhang fällt, denke ich. Die Vorstellung ist zu Ende.

Später kratze ich schwarze Erde aus den Autoreifen, rühre damit Farbe an, schwarze Farbe mit Spuren von rostigem Rot und endlich kann ich malen. Jetzt weiß ich, wie es geht, jetzt ist er in allem, was ich aufs Papier bringe, in jeden Pinselstrich kriecht er hinein.

Der Polizist kommt und sieht mir beim Malen zu.

Er ist weg, sagt er irgendwann.

Ja, sage ich.

Und wir stehen und sehen uns an. Jetzt, wo der Frühling kommt, ist in seinen Augen der Winter eingezogen.

Was werden Sie tun?, fragt er.

Als wüsste ich das.

Es hat ein Feuer gegeben, sagt er. Einige Kilometer weiter ist in einem Wald eine Hütte abgebrannt.

Ich starre ihn an.

Nein, sagt er. Keine Toten, keine Verletzten. Keine Hinweise auf Brandstiftung.

Wir sehen auf das Schwarz der Bilder.

Der andere sei da, sagen sie. Der Bruder.

Ich gehe zum Hof hinaus und wirklich, da steht sein Auto. Ihn finde ich in der Stube, er sitzt am Tisch und gehört nicht hierher.

Er ist fort, sage ich.

Wir sehen auf den Ofen und ich denke an all das Holz, das noch da ist.

Er hat Feuer gemacht, sagt er und ich nicke.

Dann ist es wohl für immer, sagt er. Und sieht mich an, als wolle er, dass ich ihm das Gegenteil versichere. Dass ich Nein sage. Nein, das stimmt nicht. Nein, er wird wiederkommen.

Er kommt nicht wieder, sage ich und sehe zu den Nussbäumen hinüber, in denen keine einzige Krähe mehr sitzt.

Gärtner

Gärtner fährt noch einmal zum Hof hinaus. Erschrickt, als er näher kommt, denn da sitzt einer auf der Bank, der aussieht wie Sam. Und doch ganz anders.

Der Bruder. Rafael.

Gärtner setzt sich zu ihm. Will etwas sagen, aber er wüsste nicht, was.

Und sie sitzen und schweigen und warten auf einen, der nicht mehr kommen wird.

Sie waren das, sagt Gärtner irgendwann. Sie haben das Messer aus der Hütte im Wald geholt und hierher gebracht. Haben es in die Stube gelegt.

Ein Willkommensgruß, sagt Rafael und versucht sich an einem Lächeln. Ich konnte ja nicht wissen –

Dass einer kommt und jemanden damit umbringt?

Sie schweigen.

Merkwürdige Sitten und Gebräuche in ihrer Familie, sagt Gärtner schließlich.

Familie, sagt Rafael leise. Als wären wir je eine Familie gewesen.

Wieder sitzen sie eine Weile schweigend nebeneinander.

Was ist in diesem Wald passiert?, fragt Gärtner.

Das müssen Sie Sam fragen, sagt Rafael. Oder meinen Großvater.

Dieser Großvater, sagt Gärtner und wieder schweigen sie.

Und diese Hütte, sagt Gärtner und sieht ihn an. Wussten Sie, dass die Hütte abgebrannt ist?

Welche Hütte?, fragt Rafael.

Gärtner sieht ihn nur an.

In diesem Scheißwald brennt doch nichts, sagt Rafael. Da hat noch nie etwas gebrannt.

Zeiten ändern sich, sagt Gärtner.

Und morgen kommt der Weihnachtsmann, sagt Rafael.

Was war er nur für ein Mensch?, fragt Gärtner schließlich.

Rafael steht auf und geht zum Auto. An der Tür dreht er sich noch einmal um. Das wissen Sie doch längst, sagt er und steigt ein.

Gärtner sieht ihm nach. Als das Auto hinter der Kuppe verschwunden ist, steht auch er auf.

Ja, sagt er. Vielleicht weiß ich das.

V

Das Ende ihrer Tage

Karolina

Sie sagen, die Hirschbichlerin hätte den Hof gekauft. Sie wolle ein Hotel bauen, heißt es, ein Hotel am See mit Booten und Sonnenschirmen, Kindergeschrei und dem Geruch nach Sonnencreme.

Die Hirschbichlerin schaut mich böse an, wann immer wir uns begegnen.

Vor dir hätte sie es günstiger bekommen, sagt Marianne.

Etwas ist anders geworden im Dorf, der Frühling ist eingezogen, es ist, als öffneten alle ihre Türen und Fenster, so weit es nur geht. Alles wächst und gedeiht, nur auf dem Friedhof, auf dem kleinen Grab mit dem Holzkreuz, da verkümmert ein Rosenstock.

Als ich das nächste Mal zum See gehe, ist das Eis fort und der See wieder ein See, aber ein anderer. Ich setze mich auf den Stamm der Weide, ihre Äste wehen im Wind, ein Anflug von Grün umgibt sie, es wird Frühling, man riecht ihn, hört ihn, sogar hier am See brummt und summt es, hier, wo immer alles am stillsten war. Ich sitze und sehe aufs Wasser hinaus, ein letztes Herbstblatt wippt auf den Wellen und dann kommt tatsächlich eine Ente angeschwommen, eine lächerliche Stockente. Knäck, knäck, sagt sie. Verschwinde, sage ich, aber der See, er gehört jetzt ihr.

Ich klopfe an der Hintertür der Bäckerei, setze mich zu Marianne an den Tisch.

Du gehst also fort, sagt sie. Und ich habe es nicht gewusst, aber es stimmt.

Mach es gut, sagt sie. Pass auf dich auf.

Und ich: Danke.

Zu Hause rufe ich Emmi an. Emmi, sage ich, ich komme und hole dich ab.

Ja, sagt sie nur.

Und ich packe meinen Rucksack, den gleichen, mit dem ich gekommen bin. Packe Omis Rosenkranz hinein und ein paar Kleider. Sonst nichts, mehr brauche ich nicht. Dann rufe ich Leyla an.

Wir kommen nach Hause, sage ich.

Ja, sagt sie nur.

Es war einmal

Manchmal, in kalten Winternächten, wenn eine weiße Decke über der Welt liegt, dann – so heißt es – sehe man Spuren im Schnee. Von den bloßen Füßen eines Menschen.

Vom See aus führten sie die Wiese hinauf, dorthin, wo früher einmal drei Nussbäume standen, zwei große und ein kleiner. Dort endeten die Spuren mitten im Nichts.

Und dann fange es wieder an zu schneien, leise und sacht und am nächsten Morgen seien alle Spuren verschwunden.

Als hätte es sie nie gegeben.

© Horst Hiepe

Sonja Kettenring, 1978 in Heidelberg geboren, lebt im Kraichgau. Sie studierte Wirtschaftsinformatik, entwickelte Software und lernte, Programme zu schreiben. Heute arbeitet sie als Postbotin und schreibt viel lieber Geschichten als Programme. *Vom Krähenjungen* ist ihr erster Roman.